Johann Wolfgang von Goethe

West-östlicher Divan

Mit zehn persischen Miniaturen

Artemis & Winkler
Winkler Weltliteratur
Kleine Bibliothek

Nach dem Text der Artemis-Gedenkausgabe der Werke Goethes, herausgegeben von Ernst Beutler.

Umschlagmotiv: »Junger Mann, ein Album betrachtend«, persische Miniatur um 1620, Foto: AKG, Berlin

Die Deutsche Bibliothek – CIP-Einheitsaufnahme:
Goethe, Johann Wolfgang von:
West-östlicher Divan: mit zehn persischen Miniaturen / Johann Wolfgang von Goethe. – Düsseldorf; Zürich: Artemis und Winkler, 1997
(Winkler Weltliteratur: Kleine Bibliothek)
ISBN 3-538-06645-0

Umschlaggestaltung: Bine Cordes, Weyarn
Satz: Fotosatz Moers, Mönchengladbach
Druck und Bindung: Clausen & Bosse, Leck
Printed in Germany
ISBN 3-538-06645-0

INHALT

BUCH DES SÄNGERS

Zwanzig Jahre ließ ich gehn
Und genoß was mir beschieden;
Eine Reihe völlig schön
Wie die Zeit der Barmekiden.

Hegire

Nord und West und Süd zersplittern,
Throne bersten, Reiche zittern,
Flüchte du, im reinen Osten
Patriarchenluft zu kosten,
Unter Lieben, Trinken, Singen
Soll dich Chisers Quell verjüngen.

Dort im Reinen und im Rechten
Will ich menschlichen Geschlechten
In des Ursprungs Tiefe dringen,
Wo sie noch von Gott empfingen
Himmelslehr in Erdesprachen
Und sich nicht den Kopf zerbrachen.

Wo sie Väter hoch verehrten,
Jeden fremden Dienst verwehrten;
Will mich freun der Jugendschranke:
Glaube weit, eng der Gedanke,
Wie das Wort so wichtig dort war,
Weil es ein gesprochen Wort war.

Will mich unter Hirten mischen,
An Oasen mich erfrischen,
Wenn mit Karawanen wandle,
Schal, Kaffee und Moschus handle;
Jeden Pfad will ich betreten
Von der Wüste zu den Städten.

Bösen Felsweg auf und nieder
Trösten, Hafis, deine Lieder,
Wenn der Führer mit Entzücken
Von des Maultiers hohem Rücken
Singt, die Sterne zu erwecken
Und die Räuber zu erschrecken.

Will in Bädern und in Schenken,
Heil'ger Hafis, dein gedenken;
Wenn den Schleier Liebchen lüftet,
Schüttelnd Ambralocken düftet.
Ja des Dichters Liebeflüstern
Mache selbst die Huris lüstern.

Wollet ihr ihm dies beneiden,
Oder etwa gar verleiden;
Wisset nur, daß Dichterworte
Um des Paradieses Pforte
Immer leise klopfend schweben,
Sich erbittend ew'ges Leben.

Segenspfänder

Talisman in Karneol,
Gläub'gen bringt er Glück und Wohl;
Steht er gar auf Onyx' Grunde,

Küß ihn mit geweihtem Munde!
Alles Übel treibt er fort,
Schützet dich und schützt den Ort:
Wenn das eingegrabne Wort
Allahs Namen rein verkündet,
Dich zu Lieb und Tat entzündet.
Und besonders werden Frauen
Sich am Talisman erbauen.

Amulette sind dergleichen
Auf Papier geschriebne Zeichen;
Doch man ist nicht im Gedränge
Wie auf edlen Steines Enge,
Und vergönnt ist frommen Seelen,
Längre Verse hier zu wählen.
Männer hängen die Papiere
Gläubig um, als Skapuliere.

Die Inschrift aber hat nichts hinter sich,
Sie ist sie selbst und muß dir alles sagen,
Was hinterdrein mit redlichem Behagen
Du gerne sagst: Ich sag es! Ich!

Doch Abraxas bring ich selten!
Hier soll meist das Fratzenhafte,
Das ein düstrer Wahnsinn schaffte,
Für das Allerhöchste gelten.
Sag ich euch absurde Dinge,
Denkt, daß ich Abraxas bringe.

Ein Siegelring ist schwer zu zeichnen,
Den höchsten Sinn im engsten Raum;
Doch weißt du hier ein Echtes anzueignen,
Gegraben steht das Wort, du denkst es kaum.

Freisinn

Laßt mich nur auf meinem Sattel gelten!
Bleibt in euren Hütten, euren Zelten!
Und ich reite froh in alle Ferne,
Über meiner Mütze nur die Sterne.

—

Er hat euch die Gestirne gesetzt
Als Leiter zu Land und See;
Damit ihr euch daran ergetzt,
Stets blickend in die Höh.

Talismane

Gottes ist der Orient!
Gottes ist der Okzident!
Nord- und südliches Gelände
Ruht im Frieden seiner Hände.

—

Er, der einzige Gerechte,
Will für jedermann das Rechte.
Sei, von seinen hundert Namen,
Dieser hochgelobet! Amen.

—

Mich verwirren will das Irren;
Doch du weißt mich zu entwirren.
Wenn ich handle, wenn ich dichte,
Gib du meinem Weg die Richte.

—

Ob ich Ird'sches denk und sinne,
Das gereicht zu höherem Gewinne.
Mit dem Staube nicht der Geist zerstoben,
Dringet, in sich selbst gedrängt, nach oben.

—

Im Atemholen sind zweierlei Gnaden:
Die Luft einziehen, sich ihrer entladen;
Jenes bedrängt, dieses erfrischt;
So wunderbar ist das Leben gemischt.
Du danke Gott, wenn er dich preßt,
Und dank ihm, wenn er dich wieder entläßt.

Vier Gnaden

Daß Araber an ihrem Teil
Die Weite froh durchziehen,
Hat Allah zu gemeinem Heil
Der Gnaden vier verliehen.

Den Turban erst, der besser schmückt
Als alle Kaiserkronen;
Ein Zelt, das man vom Orte rückt,
Um überall zu wohnen;

Ein Schwert, das tüchtiger beschützt
Als Fels und hohe Mauern;
Ein Liedchen, das gefällt und nützt,
Worauf die Mädchen lauern.

Und Blumen sing ich ungestört
Von ihrem Schal herunter,

Sie weiß recht wohl, was ihr gehört,
Und bleibt mir hold und munter.

Und Blum' und Früchte weiß ich euch
Gar zierlich aufzutischen,
Wollt ihr Moralien zugleich,
So geb ich von den frischen.

Geständnis

Was ist schwer zu verbergen? Das Feuer!
Denn bei Tage verrät's der Rauch,
Bei Nacht die Flamme, das Ungeheuer.
Ferner ist schwer zu verbergen auch
Die Liebe; noch so stille gehegt,
Sie doch gar leicht aus den Augen schlägt.
Am schwersten zu bergen ist ein Gedicht;
Man stellt es untern Scheffel nicht.
Hat es der Dichter frisch gesungen,
So ist er ganz davon durchdrungen,
Hat er es zierlich nett geschrieben,
Will er, die ganze Welt soll's lieben.
Er liest es jedem froh und laut,
Ob es uns quält, ob es erbaut.

Elemente

Aus wie vielen Elementen
Soll ein echtes Lied sich nähren,
Daß es Laien gern empfinden,
Meister es mit Freuden hören?

Liebe sei vor allen Dingen
Unser Thema, wenn wir singen;
Kann sie gar das Lied durchdringen,
Wird's um desto besser klingen.

Dann muß Klang der Gläser tönen
Und Rubin des Weins erglänzen:
Denn für Liebende, für Trinker
Winkt man mit den schönsten Kränzen.

Waffenklang wird auch gefodert,
Daß auch die Drommete schmettre;
Daß, wenn Glück zu Flammen lodert,
Sich im Sieg der Held vergöttre.

Dann zuletzt ist unerläßlich,
Daß der Dichter manches hasse;
Was unleidlich ist und häßlich,
Nicht wie Schönes leben lasse.

Weiß der Sänger, dieser viere
Urgewalt'gen Stoff zu mischen,
Hafis gleich wird er die Völker
Ewig freuen und erfrischen.

Erschaffen und beleben

Hans Adam war ein Erdenkloß,
Den Gott zum Menschen machte,
Doch bracht er aus der Mutter Schoß
Noch vieles Ungeschlachte.

Die Elohim zur Nas hinein
Den besten Geist ihm bliesen,

Nun schien er schon was mehr zu sein,
Denn er fing an zu niesen.

Doch mit Gebein und Glied und Kopf
Blieb er ein halber Klumpen,
Bis endlich Noah für den Tropf
Das Wahre fand, den Humpen.

Der Klumpe fühlt sogleich den Schwung,
Sobald er sich benetzet,
So wie der Teig durch Säuerung
Sich in Bewegung setzet.

So, Hafis, mag dein holder Sang,
Dein heiliges Exempel,
Uns führen bei der Gläser Klang,
Zu unsres Schöpfers Tempel.

Phänomen

Wenn zu der Regenwand
Phöbus sich gattet,
Gleich steht ein Bogenrand
Farbig beschattet.

Im Nebel gleichen Kreis
Seh ich gezogen,
Zwar ist der Bogen weiß,
Doch Himmelbogen.

So sollst du, muntrer Greis,
Dich nicht betrüben,
Sind gleich die Haare weiß,
Doch wirst du lieben.

Liebliches

Was doch Buntes dort verbindet
Mir den Himmel mit der Höhe?
Morgennebelung verblindet
Mir des Blickes scharfe Sehe.

Sind es Zelte des Vesires,
Die er lieben Frauen baute?
Sind es Teppiche des Festes,
Weil er sich der Liebsten traute?

Rot und weiß, gemischt, gesprenkelt
Wüßt ich Schönres nicht zu schauen,
Doch wie, Hafis, kommt dein Schiras
Auf des Nordens trübe Gauen?

Ja es sind die bunten Mohne,
Die sich nachbarlich erstrecken
Und, dem Kriegesgott zum Hohne,
Felder streifweis freundlich decken.

Möge stets so der Gescheute
Nutzend Blumenzierde pflegen
Und ein Sonnenschein, wie heute,
Klären sie auf meinen Wegen!

Zwiespalt

Wenn links an Baches Rand
Cupido flötet,
Im Felde rechter Hand
Mavors drommetet,
Da wird dorthin das Ohr

Lieblich gezogen,
Doch um des Liedes Flor
Durch Lärm betrogen.
Nun flötet's immer voll
Im Kriegesthunder,
Ich werde rasend, toll;
Ist das ein Wunder?
Fort wächst der Flötenton,
Schall der Posaunen,
Ich irre, rase schon;
Ist das zu staunen?

Im Gegenwärtigen Vergangnes

Ros und Lilie morgentaulich
Blüht im Garten meiner Nähe;
Hinten an, bebuscht und traulich,
Steigt der Felsen in die Höhe;
Und mit hohem Wald umzogen,
Und mit Ritterschloß gekrönet,
Lenkt sich hin des Gipfels Bogen,
Bis er sich dem Tal versöhnet.

Und da duftet's wie vor alters,
Da wir noch von Liebe litten
Und die Saiten meines Psalters
Mit dem Morgenstrahl sich stritten;
Wo das Jagdlied aus den Büschen
Fülle runden Tons enthauchte,
Anzufeuern, zu erfrischen,
Wie's der Busen wollt und brauchte.

Landschaft mit Rebab-Spielern
Nach einer persischen Miniatur. Privatbesitz
(Foto: AKG, Berlin)

Nun die Wälder ewig sprossen,
So ermutigt euch mit diesen,
Was ihr sonst für euch genossen,
Läßt in andern sich genießen.
Niemand wird uns dann beschreien,
Daß wir's uns alleine gönnen;
Nun in allen Lebensreihen
Müsset ihr genießen können.

Und mit diesem Lied und Wendung
Sind wir wieder bei Hafisen,
Denn es ziemt des Tags Vollendung
Mit Genießern zu genießen.

Lied und Gebilde

Mag der Grieche seinen Ton
Zu Gestalten drücken,
An der eignen Hände Sohn
Steigern sein Entzücken;

Aber uns ist wonnereich
In den Euphrat greifen
Und im flüss'gen Element
Hin und wider schweifen.

Löscht ich so der Seele Brand,
Lied es wird erschallen;
Schöpft des Dichters reine Hand,
Wasser wird sich ballen.

Dreistigkeit

Worauf kommt es überall an,
Daß der Mensch gesundet?
Jeder höret gern den Schall an,
Der zum Ton sich rundet.

Alles weg, was deinen Lauf stört!
Nur kein düster Streben!
Eh er singt und eh er aufhört,
Muß der Dichter leben.

Und so mag des Lebens Erzklang
Durch die Seele dröhnen!
Fühlt der Dichter sich das Herz bang,
Wird sich selbst versöhnen.

Derb und tüchtig

Dichten ist ein Übermut,
Niemand schelte mich!
Habt getrost ein warmes Blut
Froh und frei wie ich.

Sollte jeder Stunde Pein
Bitter schmecken mir,
Würd ich auch bescheiden sein
Und noch mehr als ihr.

Denn Bescheidenheit ist fein,
Wenn das Mädchen blüht,
Sie will zart geworben sein,
Die den Rohen flieht.

Auch ist gut Bescheidenheit,
Spricht ein weiser Mann,
Der von Zeit und Ewigkeit
Mich belehren kann.

Dichten ist ein Übermut!
Treib es gern allein.
Freund' und Frauen, frisch von Blut,
Kommt nur auch herein!

Mönchlein ohne Kapp und Kutt,
Schwatz nicht auf mich ein!
Zwar du machest mich kaputt,
Nicht bescheiden, nein!

Deiner Phrasen leeres Was
Treibet mich davon,
Abgeschliffen hab ich das
An den Sohlen schon.

Wenn des Dichters Mühle geht,
Halte sie nicht ein:
Denn wer einmal uns versteht,
Wird uns auch verzeihn.

Alleben

Staub ist eins der Elemente,
Das du gar geschickt bezwingest,
Hafis, wenn zu Liebchens Ehren
Du ein zierlich Liedchen singest.

Denn der Staub auf ihrer Schwelle
Ist dem Teppich vorzuziehen,

Dessen goldgewirkte Blumen
Mahmuds Günstlinge beknieen.

Treibt der Wind von ihrer Pforte
Wolken Staubs behend vorüber,
Mehr als Moschus sind die Düfte
Und als Rosenöl dir lieber.

Staub, den hab ich längst entbehret
In dem stets umhüllten Norden,
Aber in dem heißen Süden
Ist er mir genugsam worden.

Doch schon längst, daß liebe Pforten
Mir auf ihren Angeln schwiegen!
Heile mich, Gewitterregen,
Laß mich, daß es grunelt, riechen!

Wenn jetzt alle Donner rollen
Und der ganze Himmel leuchtet,
Wird der wilde Staub des Windes
Nach dem Boden hingefeuchtet.

Und sogleich entspringt ein Leben,
Schwillt ein heilig heimlich Wirken,
Und es grunelt und es grünet
In den irdischen Bezirken.

Selige Sehnsucht

Sagt es niemand, nur den Weisen,
Weil die Menge gleich verhöhnet,
Das Lebend'ge will ich preisen,
Das nach Flammentod sich sehnet.

In der Liebesnächte Kühlung,
Die dich zeugte, wo du zeugtest,
Überfällt dich fremde Fühlung,
Wenn die stille Kerze leuchtet.

Nicht mehr bleibest du umfangen
In der Finsternis Beschattung,
Und dich reißet neu Verlangen
Auf zu höherer Begattung.

Keine Ferne macht dich schwierig,
Kommst geflogen und gebannt,
Und zuletzt, des Lichts begierig,
Bist du Schmetterling verbrannt.

Und so lang du das nicht hast,
Dieses: Stirb und werde!
Bist du nur ein trüber Gast
Auf der dunklen Erde.

—

Tut ein Schilf sich doch hervor,
Welten zu versüßen!
Möge meinem Schreibe-Rohr
Liebliches entfließen!

BUCH HAFIS

Sei das Wort die Braut genannt,
Bräutigam der Geist;
Diese Hochzeit hat gekannt,
Wer Hafisen preist.

Beiname

DICHTER. Mohamed Schemseddin, sage,
Warum hat dein Volk, das hehre,
Hafis dich genannt?

HAFIS. Ich ehre,
Ich erwidre deine Frage.
Weil in glücklichem Gedächtnis
Des Korans geweiht Vermächtnis
Unverändert ich verwahre
Und damit so fromm gebare,
Daß gemeinen Tages Schlechtnis
Weder mich noch die berühret,
Die Prophetenwort und Samen
Schätzen, wie es sich gebühret;
Darum gab man mir den Namen.

DICHTER. Hafis, drum, so will mir scheinen,
Möcht ich dir nicht gerne weichen:
Denn, wenn wir wie andre meinen,
Werden wir den andern gleichen.

Und so gleich ich dir vollkommen,
Der ich unsrer heil'gen Bücher
Herrlich Bild an mich genommen,
Wie auf jenes Tuch der Tücher
Sich des Herren Bildnis drückte,
Mich in stiller Brust erquickte,
Trotz Verneinung, Hindrung, Raubens,
Mit dem heitern Bild des Glaubens.

Anklage

Wißt ihr denn, auf wen die Teufel lauern,
In der Wüste, zwischen Fels und Mauern?
Und, wie sie den Augenblick erpassen,
Nach der Hölle sie entführend fassen?
Lügner sind es und der Bösewicht.

Der Poete, warum scheut er nicht,
Sich mit solchen Leuten einzulassen!

Weiß denn der, mit wem er geht und wandelt,
Er, der immer nur im Wahnsinn handelt?
Grenzenlos, von eigensinn'gem Lieben,
Wird er in die Öde fortgetrieben,
Seiner Klagen Reim', in Sand geschrieben,
Sind vom Winde gleich verjagt;
Er versteht nicht, was er sagt,
Was er sagt, wird er nicht halten.

Doch sein Lied, man läßt es immer walten,
Da es doch dem Koran widerspricht.
Lehret nun, ihr des Gesetzes Kenner,

Weisheit-fromme, hochgelahrte Männer,
Treuer Mosleminen feste Pflicht.

Hafis insbesondre schaffet Ärgernisse,
Mirza sprengt den Geist ins Ungewisse,
Saget, was man tun und lassen müsse?

Fetwa

Hafis' Dichterzüge sie bezeichnen
Ausgemachte Wahrheit unauslöschlich;
Aber hie und da auch Kleinigkeiten
Außerhalb der Grenze des Gesetzes.

Willst du sicher gehn, so mußt du wissen
Schlangengift und Theriak zu sondern –
Doch der reinen Wollust edler Handlung
Sich mit frohem Mut zu überlassen
Und vor solcher, der nur ew'ge Pein folgt,
Mit besonnenem Sinn sich zu verwahren
Ist gewiß das Beste, um nicht zu fehlen.
Dieses schrieb der arme Ebusuud,
Gott verzeih ihm seine Sünden alle.

Der Deutsche dankt

Heiliger Ebusuud, hast's getroffen!
Solche Heil'ge wünschet sich der Dichter;
Denn gerade jene Kleinigkeiten
Außerhalb der Grenze des Gesetzes
Sind das Erbteil, wo er übermütig,
Selbst im Kummer lustig, sich beweget.
Schlangengift und Theriak muß

Ihm das eine wie das andre scheinen.
Töten wird nicht jenes, dies nicht heilen:
Denn das wahre Leben ist des Handelns
Ew'ge Unschuld, die sich so erweiset,
Daß sie niemand schadet als sich selber.
Und so kann der alte Dichter hoffen,
Daß die Huris ihn im Paradiese
Als verklärten Jüngling wohl empfangen.
Heiliger Ebusuud, hast's getroffen!

Fetwa

Der Mufti las des Misri Gedichte
Eins nach dem andern, alle zusammen,
Und wohlbedächtig warf sie in die Flammen,
Das schöngeschriebne Buch es ging zunichte.

»Verbrannt sei jeder«, sprach der hohe Richter,
»Wer spricht und glaubt wie Misri – er allein
Sei ausgenommen von des Feuers Pein:
Denn Allah gab die Gabe jedem Dichter;
Mißbraucht er sie im Wandel seiner Sünden,
So seh er zu, mit Gott sich abzufinden.«

Unbegrenzt

Daß du nicht enden kannst, das macht dich groß,
Und daß du nie beginnst, das ist dein Los.
Dein Lied ist drehend wie das Sterngewölbe,
Anfang und Ende immerfort dasselbe,
Und was die Mitte bringt, ist offenbar
Das, was zu Ende bleibt und anfangs war.

Du bist der Freuden echte Dichterquelle,
Und ungezählt entfließt dir Well auf Welle.
Zum Küssen stets bereiter Mund,
Ein Brustgesang, der lieblich fließet,
Zum Trinken stets gereizter Schlund,
Ein gutes Herz, das sich ergießet.

Und mag die ganze Welt versinken!
Hafis, mit dir, mit dir allein
Will ich wetteifern! Lust und Pein
Sei uns den Zwillingen gemein!
Wie du zu lieben und zu trinken,
Das soll mein Stolz, mein Leben sein.

Nun töne Lied mit eignem Feuer!
Denn du bist älter, du bist neuer.

Nachbildung

In deine Reimart hoff ich mich zu finden,
Das Wiederholen soll mir auch gefallen,
Erst werd ich Sinn, sodann auch Worte finden;
Zum zweitenmal soll mir kein Klang erschallen,
Er müßte denn besondern Sinn begründen,
Wie du's vermagst, Begünstigter vor allen!

Denn wie ein Funke fähig zu entzünden
Die Kaiserstadt, wenn Flammen grimmig wallen,
Sich winderzeugend, glühn von eignen Winden,
Er, schon erloschen, schwand zu Sternenhallen:
So schlang's von dir sich fort mit ew'gen Gluten,
Ein deutsches Herz von frischem zu ermuten.

—

Zugemeßne Rhythmen reizen freilich,
Das Talent erfreut sich wohl darin;
Doch wie schnelle widern sie abscheulich,
Hohle Masken ohne Blut und Sinn;
Selbst der Geist erscheint sich nicht erfreulich,
Wenn er nicht, auf neue Form bedacht,
Jener toten Form ein Ende macht.

Offenbar Geheimnis

Sie haben dich, heiliger Hafis,
Die mystische Zunge genannt,
Und haben, die Wortgelehrten,
Den Wert des Worts nicht erkannt.

Mystisch heißest du ihnen,
Weil sie Närrisches bei dir denken
Und ihren unlautern Wein
In deinem Namen verschenken.

Du aber bist mystisch rein,
Weil sie dich nicht verstehn,
Der du, ohne fromm zu sein, selig bist!
Das wollen sie dir nicht zugestehn.

Wink

Und doch haben sie recht, die ich schelte:
Denn, daß ein Wort nicht einfach gelte,
Das müßte sich wohl von selbst verstehn.
Das Wort ist ein Fächer! Zwischen den Stäben
Blicken ein Paar schöne Augen hervor.

Sultan Mahmud im Garten des Palastes
Persische Buchmalerei, 17. Jahrhundert
Zagreb, Archiv Hrvatske, Sammlung Ottenfels
(Foto: AKG, Berlin)

Der Fächer ist nur ein lieblicher Flor,
Er verdeckt mir zwar das Gesicht,
Aber das Mädchen verbirgt er nicht,
Weil das Schönste, was sie besitzt,
Das Auge, mir ins Auge blitzt.

An Hafis

Was alle wollen, weißt du schon
Und hast es wohl verstanden:
Denn Sehnsucht hält, von Staub zu Thron,
Uns all in strengen Banden.

Es tut so weh, so wohl hernach,
Wer sträubte sich dagegen?
Und wenn den Hals der eine brach,
Der andre bleibt verwegen.

Verzeihe, Meister, wie du weißt,
Daß ich mich oft vermesse,
Wenn sie das Auge nach sich reißt,
Die wandelnde Zypresse.

Wie Wurzelfasern schleicht ihr Fuß
Und buhlet mit dem Boden;
Wie leicht Gewölk verschmilzt ihr Gruß,
Wie Ost-Gekos ihr Oden.

Das alles drängt uns ahndevoll,
Wo Lock an Locke kräuselt,
In brauner Fülle ringelnd schwoll,
Sodann im Winde säuselt.

Nun öffnet sich die Stirne klar,
Dein Herz damit zu glätten,
Vernimmst ein Lied so froh und wahr,
Den Geist darin zu betten.

Und wenn die Lippen sich dabei
Aufs niedlichste bewegen,
Sie machen dich auf einmal frei,
In Fesseln dich zu legen.

Der Atem will nicht mehr zurück,
Die Seel zur Seele fliehend,
Gerüche winden sich durchs Glück
Unsichtbar wolkig ziehend.

Doch wenn es allgewaltig brennt,
Dann greifst du nach der Schale:
Der Schenke läuft, der Schenke kömmt
Zum erst- und zweiten Male.

Sein Auge blitzt, sein Herz erbebt,
Er hofft auf deine Lehren,
Dich, wenn der Wein den Geist erhebt,
Im höchsten Sinn zu hören.

Ihm öffnet sich der Welten Raum,
Im Innern Heil und Orden,
Es schwillt die Brust, es bräunt der Flaum,
Er ist ein Jüngling worden.

Und wenn dir kein Geheimnis blieb,
Was Herz und Welt enthalte,
Dem Denker winkst du treu und lieb,
Daß sich der Sinn entfalte.

Auch daß vom Throne Fürstenhort
Sich nicht für uns verliere,
Gibst du dem Schach ein gutes Wort
Und gibst es dem Vesire.

Das alles kennst und singst du heut
Und singst es morgen eben:
So trägt uns freundlich dein Geleit
Durchs rauhe milde Leben.

BUCH DER LIEBE

Sage mir,
Was mein Herz begehrt?

Mein Herz ist bei dir,
Halt es wert.

Musterbilder

Hör und bewahre
  Sechs Liebespaare.
Wortbild entzündet, Liebe schürt zu:
  Rustan und Rodawu.
Unbekannte sind sich nah:
  Jussuph und Suleika.
Liebe, nicht Liebesgewinn:
  Ferhad und Schirin.
Nur für einander da:
  Medschnun und Leila.
Liebend im Alter sah
  Dschemil auf Boteinah.
Süße Liebeslaune:
  Salomo und die Braune!
Hast du sie wohl vermerkt,
  Bist im Lieben gestärkt.

Noch ein Paar

Ja, Lieben ist ein groß Verdienst!
Wer findet schöneren Gewinst? –
Du wirst nicht mächtig, wirst nicht reich,
Jedoch den größten Helden gleich.
Man wird, so gut wie vom Propheten,
Von Wamik und von Asra reden. –
Nicht reden wird man, wird sie nennen:
Die Namen müssen alle kennen.
Was sie getan, was sie geübt,
Das weiß kein Mensch! Daß sie geliebt,
Das wissen wir. Genug gesagt,
Wenn man nach Wamik und Asra fragt.

Lesebuch

Wunderlichstes Buch der Bücher
Ist das Buch der Liebe;
Aufmerksam hab ich's gelesen:
Wenig Blätter Freuden,
Ganze Hefte Leiden;
Einen Abschnitt macht die Trennung.
Wiedersehn! ein klein Kapitel,
Fragmentarisch. Bände Kummers
Mit Erklärungen verlängert,
Endlos, ohne Maß.
O Nisami! – doch am Ende
Hast den rechten Weg gefunden;
Unauflösliches, wer löst es?
Liebende sich wieder findend.

—

Ja, die Augen waren's, ja der Mund,
Die mir blickten, die mich küßten.
Hüfte schmal, der Leib so rund
Wie zu Paradieses Lüsten.
War sie da? Wo ist sie hin?
Ja! sie war's, sie hat's gegeben,
Hat gegeben sich im Fliehn
Und gefesselt all mein Leben.

Gewarnt

Auch in Locken hab ich mich
Gar zu gern verfangen,
Und so, Hafis, wär's wie dir
Deinem Freund ergangen.

Aber Zöpfe flechten sie
Nun aus langen Haaren,
Unterm Helme fechten sie,
Wie wir wohl erfahren.

Wer sich aber wohl besann,
Läßt sich so nicht zwingen:
Schwere Ketten fürchtet man,
Rennt in leichte Schlingen.

Versunken

Voll Locken kraus ein Haupt so rund! –
Und darf ich dann in solchen reichen Haaren
Mit vollen Händen hin und wider fahren,
Da fühl ich mich von Herzensgrund gesund.
Und küß ich Stirne, Bogen, Auge, Mund,

Dann bin ich frisch und immer wieder wund.
Der fünfgezackte Kamm, wo sollt er stocken?
Er kehrt schon wieder zu den Locken.
Das Ohr versagt sich nicht dem Spiel,
Hier ist nicht Fleisch, hier ist nicht Haut,
So zart zum Scherz, so liebeviel!
Doch wie man auf dem Köpfchen kraut,
Man wird in solchen reichen Haaren
Für ewig auf und nieder fahren.
So hast du, Hafis, auch getan,
Wir fangen es von vornen an.

Bedenklich

Soll ich von Smaragden reden,
Die dein Finger niedlich zeigt?
Manchmal ist ein Wort vonnöten,
Oft ist's besser, daß man schweigt.

Also sag ich, daß die Farbe
Grün und augerquicklich sei!
Sage nicht: daß Schmerz und Narbe
Zu befürchten nah dabei.

Immerhin! du magst es lesen!
Warum übst du solche Macht!
»So gefährlich ist dein Wesen
Als erquicklich der Smaragd.«

—

Liebchen, ach! im starren Bande
Zwängen sich die freien Lieder,

Junger Mann, ein Album betrachtend
Persische Miniatur aus dem »Clive-Album«. Isfahan, Hofschule Schah Abbas I. des Großen, um 1620. Besitz des Earl of Powis (Foto: AKG, Berlin)

Die im reinen Himmelslande
Munter flogen hin und wider.
Allem ist die Zeit verderblich,
Sie erhalten sich allein!
Jede Zeile soll unsterblich,
Ewig wie die Liebe sein.

Schlechter Trost

Mitternachts weint und schluchzt ich,
Weil ich dein entbehrte.
Da kamen Nachtgespenster,
Und ich schämte mich.
»Nachtgespenster«, sagt ich.
»Schluchzend und weinend
Findet ihr mich, dem ihr sonst
Schlafendem vorüberzogt.
Große Güter vermiß ich.
Denkt nicht schlimmer von mir,
Den ihr sonst weise nanntet,
Großes Übel betrifft ihn!« –
Und die Nachtgespenster
Mit langen Gesichtern
Zogen vorbei,
Ob ich weise oder törig,
Völlig unbekümmert.

Genügsam

»Wie irrig wähnest du:
Aus Liebe gehöre das Mädchen dir zu.

Das könnte mich nun gar nicht freuen,
Sie versteht sich auf Schmeicheleien.«

DICHTER. Ich bin zufrieden, daß ich's habe!
Mir diene zur Entschuldigung:
Liebe ist freiwillige Gabe,
Schmeichelei Huldigung.

Gruß

O wie selig ward mir!
Im Lande wandl ich,
Wo Hudhud über den Weg läuft.
Des alten Meeres Muscheln
Im Stein sucht ich die versteinten;
Hudhud lief einher
Die Krone entfaltend;
Stolzierte, neckischer Art,
Über das Tote scherzend
Der Lebend'ge.
»Hudhud«, sagt ich, »fürwahr!
Ein schöner Vogel bist du.
Eile doch, Wiedehopf!
Eile, der Geliebten
Zu verkünden, daß ich ihr
Ewig angehöre.
Hast du doch auch
Zwischen Salomo
Und S̄abas Königin
Ehemals den Kuppler gemacht!«

Ergebung

»Du vergehst und bist so freundlich,
Verzehrst dich und singst so schön?«

DICHTER. Die Liebe behandelt mich feindlich!
Da will ich gern gestehn,
Ich singe mit schwerem Herzen.
Sieh doch einmal die Kerzen,
Sie leuchten indem sie vergehn.

—

Eine Stelle suchte der Liebe Schmerz,
Wo es recht wüst und einsam wäre;
Da fand er denn mein ödes Herz
Und nistete sich in das leere.

Unvermeidlich

Wer kann gebieten den Vögeln
Still zu sein auf der Flur?
Und wer verbieten zu zappeln
Den Schafen unter der Schur?

Stell ich mich wohl ungebärdig,
Wenn mir die Wolle kraust?
Nein! Die Ungebärden entzwingt mir
Der Scherer, der mich zerzaust.

Wer will mir wehren zu singen
Nach Lust zum Himmel hinan,
Den Wolken zu vertrauen,
Wie lieb sie mir's angetan?

Geheimes

Über meines Liebchens Äugeln
Stehn verwundert alle Leute;
Ich, der Wissende, dagegen
Weiß recht gut, was das bedeute.

Denn es heißt: ich liebe diesen,
Und nicht etwa den und jenen.
Lasset nur, ihr guten Leute,
Euer Wundern, euer Sehnen!

Ja, mit ungeheuren Mächten
Blicket sie wohl in die Runde;
Doch sie sucht nur zu verkünden
Ihm die nächste süße Stunde.

Geheimstes

»Wir sind emsig, nachzuspüren,
Wir, die Anekdotenjäger,
Wer dein Liebchen sei und ob du
Nicht auch habest viele Schwäger.

Denn, daß du verliebt bist, sehn wir,
Mögen dir es gerne gönnen;
Doch, daß Liebchen so dich liebe,
Werden wir nicht glauben können.«

Ungehindert, liebe Herren,
Sucht sie auf! nur hört das eine:
Ihr erschrecket, wenn sie dasteht!
Ist sie fort, ihr kost dem Scheine.

Wißt ihr wie Schehâb-eddin
Sich auf Arafat entmantelt,
Niemand haltet ihr für törig
Der in seinem Sinne handelt.

Wenn vor deines Kaisers Throne,
Oder vor der Vielgeliebten,
Je dein Name wird gesprochen,
Sei es dir zu höchstem Lohne.

Darum war's der höchste Jammer,
Als einst Medschnun sterbend wollte,
Daß vor Leila seinen Namen
Man forthin nicht nennen sollte.

BUCH DER BETRACHTUNGEN

Höre den Rat, den die Leier tönt;
Doch er nutzet nur, wenn du fähig bist.
Das glücklichste Wort, es wird verhöhnt,
Wenn der Hörer ein Schiefohr ist.

»Was tönt denn die Leier?« Sie tönet laut:
Die schönste das ist nicht die beste Braut;
Doch wenn wir dich unter uns zählen sollen,
So mußt du das Schönste, das Beste wollen.

Fünf Dinge

Fünf Dinge bringen fünfe nicht hervor,
Du, dieser Lehre öffne du dein Ohr:
Der stolzen Brust wird Freundschaft
nicht entsprossen;
Unhöflich sind der Niedrigkeit Genossen;
Ein Bösewicht gelangt zu keiner Größe;
Der Neidische erbarmt sich nicht der Blöße;
Der Lügner hofft vergeblich Treu und Glauben;
Das halte fest und niemand laß dir's rauben.

Fünf andere

Was verkürzt mir die Zeit?
Tätigkeit!

Was macht sie unerträglich lang?
  Müßiggang!
Was bringt in Schulden?
  Harren und Dulden!
Was macht Gewinnen?
  Nicht lange besinnen!
Was bringt zu Ehren?
  Sich wehren!

—

Lieblich ist des Mädchens Blick, der winket,
Trinkers Blick ist lieblich, eh er trinket,
Gruß des Herren, der befehlen konnte,
Sonnenschein im Herbst, der dich besonnte.
Lieblicher als alles dieses habe
Stets vor Augen, wie sich kleiner Gabe
Dürft'ge Hand so hübsch entgegen dränget,
Zierlich dankbar was du reichst empfänget.
Welch ein Blick! ein Gruß! ein sprechend Streben!
Schau es recht, und du wirst immer geben.

—

Und was im »Pend-Nameh« steht,
Ist dir aus der Brust geschrieben:
Jeden, dem du selber gibst,
Wirst du wie dich selber lieben.
Reiche froh den Pfennig hin,
Häufe nicht ein Goldvermächtnis.
Eile freudig vorzuziehn
Gegenwart vor dem Gedächtnis.

—

Reitest du bei einem Schmied vorbei,
Weißt nicht, wann er dein Pferd beschlägt;
Siehst du eine Hütte im Felde frei,
Weißt nicht, ob sie dir ein Liebchen hegt;
Einem Jüngling begegnest du schön und kühn,
Er überwindet dich künftig oder du ihn.
Am sichersten kannst du vom Rebstock sagen,
Er werde für dich was Gutes tragen.
So bist du denn der Welt empfohlen,
Das übrige will ich nicht wiederholen.

—

Den Gruß des Unbekannten ehre ja!
Er sei dir wert als alten Freundes Gruß.
Nach wenig Worten sagt ihr Lebewohl!
Zum Osten du, er westwärts, Pfad an Pfad. –
Kreuzt euer Weg nach vielen Jahren drauf
Sich unerwartet, ruft ihr freudig aus:
»Er ist es! ja, da war's!« als hätte nicht
So manche Tagefahrt zu Land und See,
So manche Sonnenkehr sich drein gelegt,
Nun tauschet War um Ware, teilt Gewinn!
Ein alt Vertrauen wirke neuen Bund. –
Der erste Gruß ist viele tausend wert,
Drum grüße freundlich jeden, der begrüßt.

—

Haben sie von deinen Fehlen
Immer viel erzählt
Und für wahr sie zu erzählen
Vielfach sich gequält.

Hätten sie von deinem Guten
Freundlich dir erzählt,
Mit verständig treuen Winken,
Wie man Beßres wählt;
O gewiß! das Allerbeste
Blieb mir nicht verhehlt,
Das fürwahr nur wenig Gäste
In der Klause zählt,
Nun als Schüler mich, zu kommen,
Endlich auserwählt,
Und mich lehrt der Buße Frommen,
Wenn der Mensch gefehlt.

—

Märkte reizen dich zum Kauf;
Doch das Wissen blähet auf.
Wer im stillen um sich schaut,
Lernet, wie die Lieb erbaut.
Bist du Tag und Nacht beflissen,
Viel zu hören, viel zu wissen:
Horch an einer andern Türe,
Wie zu wissen sich gebühre.
Soll das Rechte zu dir ein,
Fühl in Gott was Rechts zu sein:
Wer von reiner Lieb entbrannt,
Wird vom lieben Gott erkannt.

—

Wie ich so ehrlich war,
Hab ich gefehlt,
Und habe Jahre lang
Mich durchgequält;

Ich galt und galt auch nicht,
Was sollt es heißen?
Nun wollt ich Schelm sein,
Tät mich befleißen;
Das wollt mir gar nicht ein,
Mußt mich zerreißen.
Da dacht ich: ehrlich sein
Ist doch das beste,
War es nur kümmerlich,
So steht es feste.

—

Frage nicht, durch welche Pforte
Du in Gottes Stadt gekommen,
Sondern bleib am stillen Orte,
Wo du einmal Platz genommen.

Schaue dann umher nach Weisen,
Und nach Mächt'gen, die befehlen;
Jene werden unterweisen,
Diese Tat und Kräfte stählen.

Wenn du nützlich und gelassen
So dem Staate treu geblieben,
Wisse! niemand wird dich hassen,
Und dich werden viele lieben.

Und der Fürst erkennt die Treue,
Sie erhält die Tat lebendig;
Dann bewährt sich auch das Neue
Nächst dem Alten erst beständig.

—

Woher ich kam? Es ist noch eine Frage,
Mein Weg hierher, der ist mir kaum bewußt,
Heut nun und hier am himmelfrohen Tage
Begegnen sich, wie Freunde, Schmerz und Lust.
O süßes Glück, wenn beide sich vereinen!
Einsam, wer möchte lachen, möchte weinen?

—

Es geht eins nach dem andern hin,
Und auch wohl vor dem andern;
Drum laß uns rasch und brav und kühn
Die Lebenswege wandern.
Es hält dich auf, mit Seitenblick,
Der Blumen viel zu lesen;
Doch hält nichts grimmiger zurück,
Als wenn du falsch gewesen.

—

Behandelt die Frauen mit Nachsicht!
Aus krummer Rippe ward sie erschaffen,
Gott konnte sie nicht ganz grade machen.
Willst du sie biegen, sie bricht;
Läßt du sie ruhig, sie wird noch krümmer;
Du guter Adam, was ist denn schlimmer? –
Behandelt die Frauen mit Nachsicht:
Es ist nicht gut, daß euch eine Rippe bricht.

—

Das Leben ist ein schlechter Spaß,
Dem fehlt's an dies, dem fehlt's an das,
Der will nicht wenig, der zu viel,
Und Kann und Glück kommt auch ins Spiel.

Schah Bechmen reitet zur Jagd
Persische Buchmalerei, 17. Jahrhundert
Zagreb, Archiv Hrvatske, Sammlung Ottenfels
(Foto: AKG, Berlin)

Und hat sich's Unglück drein gelegt,
Jeder wie er nicht wollte trägt.
Bis endlich Erben mit Behagen
Herrn Kannnicht-Willnicht weiter tragen.

—

Das Leben ist ein Gänsespiel:
Je mehr man vorwärts gehet,
Je früher kommt man an das Ziel,
Wo niemand gerne stehet.

Man sagt, die Gänse wären dumm,
O glaubt mir nicht den Leuten:
Denn eine sieht einmal sich rum,
Mich rückwärts zu bedeuten.

Ganz anders ist's in dieser Welt,
Wo alles vorwärts drücket,
Wenn einer stolpert oder fällt,
Keine Seele rückwärts blicket.

—

»Die Jahre nahmen dir, du sagst, so vieles:
Die eigentliche Lust des Sinnespieles,
Erinnerung des allerliebsten Tandes
Von gestern, weit- und breiten Landes
Durchschweifen frommt nicht mehr;
  selbst nicht von oben
Der Ehren anerkannte Zier, das Loben,
Erfreulich sonst. Aus eignem Tun Behagen
Quillt nicht mehr auf, dir fehlt ein dreistes Wagen!
Nun wüßt ich nicht, was dir Besondres bliebe?«

Mir bleibt genug! Es bleibt Idee und Liebe!

—

Vor den Wissenden sich stellen,
Sicher ist's in allen Fällen!
Wenn du lange dich gequälet,
Weiß er gleich, wo dir es fehlet;
Auch auf Beifall darfst du hoffen,
Denn er weiß, wo du's getroffen.

—

Freigebiger wird betrogen,
Geizhafter ausgesogen;
Verständiger irrgeleitet,
Vernünftiger leer geweitet,
Der Harte wird umgangen,
Der Gimpel wird gefangen.
Beherrsche diese Lüge,
Betrogener betrüge!

—

Wer befehlen kann, wird loben,
Und er wird auch wieder schelten,
Und das muß dir, treuer Diener,
Eines wie das andre gelten.

Denn er lobt wohl das Geringe,
Schilt auch, wo er sollte loben;
Aber bleibst du guter Dinge,
Wird er dich zuletzt erproben.

Und so haltet's auch, ihr Hohen,
Gegen Gott wie der Geringe,

Tut und leidet, wie sich's findet,
Bleibt nur immer guter Dinge.

Schach Sedschan und seinesgleichen

Durch allen Schall und Klang
Der Transoxanen
Erkühnt sich unser Sang
Auf deine Bahnen!
Uns ist für gar nichts bang,
In dir lebendig,
Dein Leben daure lang,
Dein Reich beständig!

Höchste Gunst

Ungezähmt so wie ich war,
Hab ich einen Herrn gefunden,
Und gezähmt nach manchem Jahr
Eine Herrin auch gefunden.
Da sie Prüfung nicht gespart,
Haben sie mich treu gefunden
Und mit Sorgfalt mich bewahrt
Als den Schatz, den sie gefunden.
Niemand diente zweien Herrn,
Der dabei sein Glück gefunden;
Herr und Herrin sehn es gern,
Daß sie beide mich gefunden,
Und mir leuchtet Glück und Stern,
Da ich beide sie gefunden.

Ferdusi spricht

»O Welt! wie schamlos und boshaft du bist!
Du nährst und erziehest und tötest zugleich.«

—

Nur wer von Allah begünstiget ist,
Der nährt sich, erzieht sich, lebendig und reich.

—

Was heißt denn Reichtum? Eine wärmende Sonne,
Genießt sie der Bettler, wie wir sie genießen!
Es möge doch keinen der Reichen verdrießen
Des Bettlers im Eigensinn selige Wonne.

Dschelâl-eddîn Rumi spricht

»Verweilst du in der Welt, sie flieht als Traum,
Du reisest, ein Geschick bestimmt den Raum;
Nicht Hitze, Kälte nicht vermagst du fest zu halten,
Und was dir blüht, sogleich wird es veralten.«

Suleika spricht

»Der Spiegel sagt mir, ich bin schön!
Ihr sagt: zu altern sei auch mein Geschick.
Vor Gott muß alles ewig stehn,
In mir liebt Ihn, für diesen Augenblick.«

BUCH DES UNMUTS

»Wo hast du das genommen?
Wie konnt es zu dir kommen?
Wie aus dem Lebensplunder
Erwarbst du diesen Zunder,
Der Funken letzte Gluten
Von frischem zu ermuten?«

Euch mög es nicht bedünkeln,
Es sei gemeines Fünkeln;
Auf ungemeßner Ferne,
Im Ozean der Sterne,
Mich hatt' ich nicht verloren,
Ich war wie neu geboren.

Von weißer Schafe Wogen
Die Hügel überzogen,
Umsorgt von ernsten Hirten,
Die gern und schmal bewirten,
So ruhig liebe Leute,
Daß jeder mich erfreute.

In schauerlichen Nächten,
Bedrohet von Gefechten;
Das Stöhnen der Kamele
Durchdrang das Ohr, die Seele,
Und derer, die sie führen,
Einbildung und Stolzieren.

Und immer ging es weiter,
Und immer ward es breiter,

Und unser ganzes Ziehen,
Es schien ein ewig Fliehen,
Blau, hinter Wüst und Heere,
Der Streif erlogner Meere.

—

Keinen Reimer wird man finden,
Der sich nicht den besten hielte,
Keinen Fiedler, der nicht lieber
Eigne Melodien spielte.

Und ich konnte sie nicht tadeln;
Wenn wir andern Ehre geben,
Müssen wir uns selbst entadeln;
Lebt man denn, wenn andre leben?

Und so fand ich's denn auch juste
In gewissen Antichambern,
Wo man nicht zu sondern wußte
Mäusedreck von Koriandern.

Das Gewesne wollte hassen
Solche rüst'ge neue Besen,
Diese dann nicht gelten lassen,
Was sonst Besen war gewesen.

Und wo sich die Völker trennen
Gegenseitig im Verachten,
Keins von beiden wird bekennen,
Daß sie nach demselben trachten.

Und das grobe Selbstempfinden
Haben Leute hart gescholten,

Die am wenigsten verwinden,
Wenn die andern was gegolten.

—

Befindet sich einer heiter und gut,
Gleich will ihn der Nachbar pein'gen;
So lange der Tüchtige lebt und tut,
Möchten sie ihn gern stein'gen.
Ist er hinterher aber tot,
Gleich sammeln sie große Spenden,
Zu Ehren seiner Lebensnot
Ein Denkmal zu vollenden;
Doch ihren Vorteil sollte dann
Die Menge wohl ermessen,
Gescheiter wär's, den guten Mann
Auf immerdar vergessen.

—

Übermacht, ihr könnt es spüren,
Ist nicht aus der Welt zu bannen;
Mir gefällt zu konversieren
Mit Gescheiten, mit Tyrannen.

Da die dummen Eingeengten
Immerfort am stärksten pochten,
Und die Halben, die Beschränkten
Gar zu gern uns unterjochten,

Hab ich mich für frei erkläret
Von den Narren, von den Weisen;
Diese bleiben ungestöret,
Jene möchten sich zerreißen.

Denken, in Gewalt und Liebe
Müßten wir zuletzt uns gatten,
Machen mir die Sonne trübe
Und erhitzen mir den Schatten.

Hafis auch und Ulrich Hutten
Mußten ganz bestimmt sich rüsten
Gegen braun' und blaue Kutten,
Meine gehn wie andre Christen.

»Aber nenn uns doch die Feinde!«
Niemand soll sie unterscheiden:
Denn ich hab in der Gemeinde
Schon genug daran zu leiden.

—

Wenn du auf dem Guten ruhst,
Nimmer werd ich's tadeln,
Wenn du gar das Gute tust,
Sieh, das soll dich adeln!
Hast du aber deinen Zaun
Um dein Gut gezogen,
Leb ich frei und lebe traun
Keineswegs betrogen.

Denn die Menschen, sie sind gut,
Würden besser bleiben,
Sollte nicht, wie's einer tut,
Auch der andre treiben.
Auf dem Weg da ist's ein Wort,
Niemand wird's verdammen:
Wollen wir an einen Ort,
Nun, wir gehn zusammen.

Vieles wird sich da und hie
Uns entgegen stellen.
In der Liebe mag man nie
Helfer und Gesellen;
Geld und Ehre hätte man
Gern allein zur Spende;
Und der Wein, der treue Mann,
Der entzweit am Ende.

Hat doch über solches Zeug
Hafis auch gesprochen,
Über manchen dummen Streich
Sich den Kopf zerbrochen,
Und ich seh nicht, was es frommt,
Aus der Welt zu laufen,
Magst du, wenn's zum Schlimmsten kommt,
Auch einmal dich raufen.

—

Als wenn das auf Namen ruhte,
Was sich schweigend nur entfaltet!
Lieb ich doch das schöne Gute,
Wie es sich aus Gott gestaltet.

Jemand lieb ich, das ist nötig;
Niemand haß ich; soll ich hassen,
Auch dazu bin ich erbötig,
Hasse gleich in ganzen Massen.

Willst sie aber näher kennen?
Sieh aufs Rechte, sieh aufs Schlechte;
Was sie ganz fürtrefflich nennen,
Ist wahrscheinlich nicht das Rechte.

Denn das Rechte zu ergreifen,
Muß man aus dem Grunde leben,
Und salbadrisch auszuschweifen
Dünket mich ein seicht Bestreben.

Wohl, Herr Knitterer, er kann sich
Mit Zersplitterer vereinen
Und Verwitterer alsdann sich
Allenfalls der Beste scheinen!

Daß nur immer in Erneuung
Jeder täglich Neues höre
Und zugleich auch die Zerstreuung
Jeden in sich selbst zerstöre.

Dies der Landsmann wünscht und liebet,
Mag er deutsch, mag teutsch sich schreiben,
Liedchen aber heimlich piepet:
»Also war es und wird bleiben.«

—

Medschnun heißt – ich will nicht sagen,
Daß es grad ein Toller heiße;
Doch ihr müßt mich nicht verklagen,
Daß ich mich als Medschnun preise.

Wenn die Brust, die redlich volle,
Sich entladet, euch zu retten,
Ruft ihr nicht: »Das ist der Tolle!
Holet Stricke, schaffet Ketten!«

Und wenn ihr zuletzt in Fesseln
Seht die Klügeren verschmachten,

Sengt es euch wie Feuernesseln,
Das vergebens zu betrachten.

—

Hab ich euch denn je geraten,
Wie ihr Kriege führen solltet?
Schalt ich euch, nach euren Taten,
Wenn ihr Friede schließen wolltet?

Und so hab ich auch den Fischer
Ruhig sehen Netze werfen,
Brauchte dem gewandten Tischer
Winkelmaß nicht einzuschärfen.

Aber ihr wollt besser wissen,
Was ich weiß, der ich bedachte,
Was Natur, für mich beflissen,
Schon zu meinem Eigen machte.

Fühlt ihr auch dergleichen Stärke?
Nun, so fördert eure Sachen!
Seht ihr aber meine Werke,
Lernet erst: so wollt er's machen.

Wanderers Gemütsruhe

Übers Niederträchtige
Niemand sich beklage;
Denn es ist das Mächtige,
Was man dir auch sage.

In dem Schlechten waltet es
Sich zu Hochgewinne,

Schiffsfahrt. Nach einer persischen Miniatur. Privatbesitz (Foto: AKG, Berlin)

Und mit Rechtem schaltet es
Ganz nach seinem Sinne.

Wandrer! – Gegen solche Not
Wolltest du dich sträuben?
Wirbelwind und trocknen Kot
Laß sie drehn und stäuben.

—

Wer wird von der Welt verlangen,
Was sie selbst vermißt und träumet,
Rückwärts oder seitwärts blickend,
Stets den Tag des Tags versäumet?
Ihr Bemühn, ihr guter Wille
Hinkt nur nach dem raschen Leben,
Und was du vor Jahren brauchtest,
Möchte sie dir heute geben.

—

Sich selbst zu loben ist ein Fehler,
Doch jeder tut's, der etwas Gutes tut;
Und ist er dann in Worten kein Verhehler,
Das Gute bleibt doch immer gut.

Laßt doch, ihr Narren, doch die Freude
Dem Weisen, der sich weise hält,
Daß er, ein Narr wie ihr, vergeude
Den abgeschmackten Dank der Welt.

—

Glaubst du denn: von Mund zu Ohr
Sei ein redlicher Gewinst?

Überliefrung, o du Tor,
Ist auch wohl ein Hirngespinst!
Nun geht erst das Urteil an;
Dich vermag aus Glaubensketten
Der Verstand allein zu retten,
Dem du schon Verzicht getan.

—

Und wer franzet oder britet,
Italienert oder teutschet,
Einer will nur wie der andre,
Was die Eigenliebe heischet.

Denn es ist kein Anerkennen,
Weder vieler, noch des einen,
Wenn es nicht am Tage fördert,
Wo man selbst was möchte scheinen.

Morgen habe denn das Rechte
Seine Freunde wohlgesinnet,
Wenn nur heute noch das Schlechte
Vollen Platz und Gunst gewinnet.

Wer nicht von dreitausend Jahren
Sich weiß Rechenschaft zu geben,
Bleib im Dunkeln unerfahren,
Mag von Tag zu Tage leben.

—

Sonst, wenn man den heiligen Koran zitierte,
Nannte man die Sure, den Vers dazu,
Und jeder Moslem, wie sich's gebührte,
Fühlte sein Gewissen in Respekt und Ruh.

Die neuen Derwische wissen's nicht besser,
Sie schwatzen das Alte, das Neue dazu.
Die Verwirrung wird täglich größer,
O heiliger Koran! O ewige Ruh!

Der Prophet spricht

»Ärgert's jemand, daß es Gott gefallen
Mahomet zu gönnen Schutz und Glück,
An den stärksten Balken seiner Hallen,
Da befestig er den derben Strick,
Knüpfe sich daran! das hält und trägt;
Er wird fühlen, daß sein Zorn sich legt.«

Timur spricht

»Was? Ihr mißbilliget den kräft'gen Sturm
Des Übermuts, verlogne Pfaffen!
Hätt Allah mich bestimmt zum Wurm,
So hätt er mich als Wurm geschaffen.«

BUCH DER SPRÜCHE

Talismane werd ich in dem Buch zerstreuen,
Das bewirkt ein Gleichgewicht.
Wer mit gläub'ger Nadel sticht,
Überall soll gutes Wort ihn freuen.

—

Vom heut'gen Tag, von heut'ger Nacht
Verlange nichts,
Als was die gestrigen gebracht.

—

Wer geboren in bös'sten Tagen,
Dem werden selbst die bösen behagen.

—

Wie etwas sei leicht,
Weiß, der es erfunden und der es erreicht.

—

Das Meer flutet immer,
Das Land behält es nimmer.

—

Was wird mir jede Stunde so bang? -
Das Leben ist kurz, der Tag ist lang.
Und immer sehnt sich fort das Herz,
Ich weiß nicht recht, ob himmelwärts;

Fort aber will es hin und hin
Und möchte vor sich selber fliehn.
Und fliegt es an der Liebsten Brust,
Da ruht's im Himmel unbewußt;
Der Lebe-Strudel reißt es fort,
Und immer hängt's an einem Ort;
Was es gewollt, was es verlor,
Es bleibt zuletzt sein eigner Tor.

—

Prüft das Geschick dich, weiß es wohl warum:
Es wünschte dich enthaltsam! Folge stumm!

—

Noch ist es Tag, da rühre sich der Mann,
Die Nacht tritt ein, wo niemand wirken kann.

—

Was machst du an der Welt? sie ist schon gemacht,
Der Herr der Schöpfung hat alles bedacht.
Dein Los ist gefallen, verfolge die Weise,
Der Weg ist begonnen, vollende die Reise:
Denn Sorgen und Kummer verändern es nicht,
Sie schleudern dich ewig aus gleichem Gewicht.

—

Wenn der schwer Gedrückte klagt:
Hülfe, Hoffnung sei versagt,
Bleibet heilsam fort und fort
Immer noch ein freundlich Wort.

—

»Wie ungeschickt habt ihr euch benommen,
Da euch das Glück ins Haus gekommen!«
Das Mädchen hat's nicht übel genommen
Und ist noch ein paarmal wieder gekommen.

—

Mein Erbteil wie herrlich, weit und breit!
Die Zeit ist mein Besitz, mein Acker ist die Zeit.

—

Gutes tu rein aus des Guten Liebe!
Das überliefre deinem Blut;
Und wenn's den Kindern nicht verbliebe,
Den Enkeln kommt es doch zugut.

—

Enweri sagt's, ein Herrlichster der Männer,
Des tiefsten Herzens, höchsten Hauptes Kenner:
»Dir frommt an jedem Ort, zu jeder Zeit:
Geradheit, Urteil und Verträglichkeit.«

—

Was klagst du über Feinde?
Sollten solche je werden Freunde,
Denen das Wesen, wie du bist,
Im stillen ein ewiger Vorwurf ist?

—

Dümmer ist nichts zu ertragen,
Als wenn Dumme sagen den Weisen:
Daß sie sich in großen Tagen
Sollten bescheidentlich erweisen.

—

Wenn Gott so schlechter Nachbar wäre,
Als ich bin und als du bist,
Wir hätten beide wenig Ehre;
Der läßt einen jeden, wie er ist.

—

Gesteht's! die Dichter des Orients
Sind größer als wir des Okzidents.
Worin wir sie aber völlig erreichen,
Das ist im Haß auf unsresgleichen.

—

Überall will jeder obenauf sein,
Wie's eben in der Welt so geht.
Jeder sollte freilich grob sein,
Aber nur in dem, was er versteht.

—

Verschon uns Gott mit deinem Grimme!
Zaunkönige gewinnen Stimme.

—

Will der Neid sich doch zerreißen,
Laß ihn seinen Hunger speisen.

—

Sich im Respekt zu erhalten,
Muß man recht borstig sein.
Alles jagt man mit Falken,
Nur nicht das wilde Schwein.

—

Was hilft's dem Pfaffenorden,
Der mir den Weg verrannt?
Was nicht gerade erfaßt worden,
Wird auch schief nicht erkannt.

—

Einen Helden mit Lust preisen und nennen
Wird jeder, der selbst als kühner stritt.
Des Menschen Wert kann niemand erkennen,
Der nicht selbst Hitze und Kälte litt.

—

Gutes tu rein aus des Guten Liebe,
Was du tust, verbleibt dir nicht;
Und wenn es auch dir verbliebe,
Bleibt es deinen Kindern nicht.

—

Soll man dich nicht aufs schmählichste berauben,
Verbirg dein Gold, dein Weggehn, deinen Glauben.

—

Wie kommt's, daß man an jedem Orte
So viel Gutes, so viel Dummes hört?
Die Jüngsten wiederholen der Ältesten Worte
Und glauben, daß es ihnen angehört.

—

Laß dich nur in keiner Zeit
Zum Widerspruch verleiten.

Weise fallen in Unwissenheit,
Wenn sie mit Unwissenden streiten.

—

»Warum ist Wahrheit fern und weit?
Birgt sich hinab in tiefste Gründe?«
Niemand versteht zur rechten Zeit!
Wenn man zur rechten Zeit verstünde,
So wäre Wahrheit nah und breit
Und wäre lieblich und gelinde.

—

Was willst du untersuchen,
Wohin die Milde fließt!
Ins Wasser wirf deine Kuchen,
Wer weiß, wer sie genießt.

—

Als ich einmal eine Spinne erschlagen,
Dacht ich, ob ich das wohl gesollt?
Hat Gott ihr doch wie mir gewollt
Einen Anteil an diesen Tagen!

—

»Dunkel ist die Nacht, bei Gott ist Licht.
Warum hat er uns nicht auch so zugericht?«

—

Welch eine bunte Gemeinde!
An Gottes Tisch sitzen Freund' und Feinde.

—

Ihr nennt mich einen kargen Mann;
Gebt mir, was ich verprassen kann.

—

Soll ich dir die Gegend zeigen,
Mußt du erst das Dach besteigen.

—

Wer schweigt, hat wenig zu sorgen,
Der Mensch bleibt unter der Zunge verborgen.

—

Ein Herre mit zwei Gesind,
Er wird nicht wohl gepflegt.
Ein Haus, worin zwei Weiber sind,
Es wird nicht rein gefegt.

—

Ihr lieben Leute, bleibt dabei
Und sagt nur: »Autos epha!«
Was sagt ihr lange Mann und Weib?
Adam, so heißt's, und Eva.

—

Wofür ich Allah höchlich danke?
Daß er Leiden und Wissen getrennt.
Verzweifeln müßte jeder Kranke
Das Übel kennend, wie der Arzt es kennt.

—

Närrisch, daß jeder in seinem Falle
Seine besondere Meinung preist!

Wenn Islam Gott ergeben heißt,
In Islam leben und sterben wir alle.

—

Wer auf die Welt kommt, baut ein neues Haus,
Er geht und läßt es einem zweiten.
Der wird sich's anders zubereiten,
Und niemand baut es aus.

—

Wer in mein Haus tritt, der kann schelten,
Was ich ließ viele Jahre gelten;
Vor der Tür aber müßt er passen,
Wenn ich ihn nicht wollte gelten lassen.

—

Herr, laß dir gefallen
Dieses kleine Haus,
Größre kann man bauen,
Mehr kommt nicht heraus.

—

Du bist auf immer geborgen,
Das nimmt dir niemand wieder:
Zwei Freunde, ohne Sorgen,
Weinbecher, Büchlein Lieder.

—

»Was brachte Lokman nicht hervor
Den man den garst'gen hieß!«
Die Süßigkeit liegt nicht im Rohr,
Der Zucker, der ist süß.

—

Herrlich ist der Orient
Übers Mittelmeer gedrungen;
Nur wer Hafis liebt und kennt,
Weiß, was Calderon gesungen.

—

»Was schmückst du die eine Hand denn nun
Weit mehr, als ihr gebührte?«
Was sollte denn die linke tun,
Wenn sie die rechte nicht zierte?

—

Wenn man auch nach Mekka triebe
Christus' Esel, würd er nicht
Dadurch besser abgericht,
Sondern stets ein Esel bliebe.

—

Getretner Quark
Wird breit, nicht stark.

—

Schlägst du ihn aber mit Gewalt
In feste Form, er nimmt Gestalt.
Dergleichen Steine wirst du kennen,
Europäer Pisé sie nennen.

—

Betrübt euch nicht, ihr guten Seelen!
Denn wer nicht fehlt, weiß wohl, wenn andre fehlen;

Allein wer fehlt, der ist erst recht daran,
Er weiß nun deutlich, wie sie wohl getan.

—

»Du hast gar vielen nicht gedankt,
Die dir so manches Gute gegeben!«
Darüber bin ich nicht erkrankt,
Ihre Gaben mir im Herzen leben.

—

Guten Ruf mußt du dir machen,
Unterscheiden wohl die Sachen;
Wer was weiter will, verdirbt.

—

»Die Flut der Leidenschaft sie stürmt vergebens
Ans unbezwungne feste Land.«
Sie wirft poetische Perlen an den Strand,
Und das ist schon Gewinn des Lebens.

Vertrauter

Du hast so manche Bitte gewährt,
Und wenn sie dir auch schädlich war;
Der gute Mann da hat wenig begehrt,
Dabei hat es doch keine Gefahr.

Vesir

Der gute Mann hat wenig begehrt,
Und hätt ich's ihm sogleich gewährt,
Er auf der Stelle verloren war.

—

Schlimm ist es, wie doch wohl geschieht,
Wenn Wahrheit sich nach dem Irrtum zieht;
Das ist auch manchmal ihr Behagen,
Wer wird so schöne Frau befragen?
Herr Irrtum, wollt er an Wahrheit sich schließen,
Das sollte Frau Wahrheit baß verdrießen.

—

Wisse, daß mir sehr mißfällt,
Wenn so viele singen und reden!
Wer treibt die Dichtkunst aus der Welt?
Die Poeten!

BUCH DES TIMUR

Der Winter und Timur

So umgab sie nun der Winter
Mit gewalt'gem Grimme. Streuend
Seinen Eishauch zwischen alle,
Hetzt' er die verschiednen Winde
Widerwärtig auf sie ein.
Über sie gab er Gewaltkraft
Seinen frostgespitzten Stürmen,
Stieg in Timurs Rat hernieder,
Schrie ihn drohend an und sprach so:
»Leise, langsam, Unglücksel'ger!
Wandle du Tyrann des Unrechts;
Sollen länger noch die Herzen
Sengen, brennen deinen Flammen?
Bist du der verdammten Geister
Einer, wohl! ich bin der andre.
Du bist Greis, ich auch, erstarren
Machen wir so Land als Menschen.
Mars! du bist's! ich bin Saturnus,
Übeltätige Gestirne,
Im Verein die schrecklichsten.
Tötest du die Seele, kältest
Du den Luftkreis: meine Lüfte
Sind noch kälter, als du sein kannst.
Quälen deine wilden Heere
Gläubige mit tausend Martern:

Wohl, in meinen Tagen soll sich,
Geb es Gott! was Schlimmres finden.
Und bei Gott, dir schenk ich nichts.
Hör es Gott, was ich dir biete!
Ja bei Gott! von Todeskälte
Nicht, o Greis, verteid'gen soll dich
Breite Kohlenglut vom Herde,
Keine Flamme des Dezembers.«

An Suleika

Dir mit Wohlgeruch zu kosen,
Deine Freuden zu erhöhn,
Knospend müssen tausend Rosen
Erst in Gluten untergehn.

Um ein Fläschchen zu besitzen,
Das den Ruch auf ewig hält,
Schlank wie deine Fingerspitzen,
Da bedarf es einer Welt;

Einer Welt von Lebenstrieben,
Die in ihrer Fülle Drang
Ahndeten schon Bulbuls Lieben,
Seeleregenden Gesang.

Sollte jene Qual uns quälen,
Da sie unsre Lust vermehrt?
Hat nicht Myriaden Seelen
Timurs Herrschaft aufgezehrt?

BUCH SULEIKA

Ich gedachte in der Nacht,
Daß ich den Mond sähe im Schlaf;
Als ich aber erwachte,
Ging unvermutet die Sonne auf.

Einladung

Mußt nicht vor dem Tage fliehen:
Denn der Tag, den du ereilest,
Ist nicht besser als der heut'ge:
Aber wenn du froh verweilest,
Wo ich mir die Welt beseit'ge,
Um die Welt an mich zu ziehen,
Bist du gleich mit mir geborgen:
Heut ist heute, morgen morgen,
Und was folgt und was vergangen,
Reißt nicht hin und bleibt nicht hangen.
Bleibe du, mein Allerliebstes;
Denn du bringst es und du gibst es.

—

Daß Suleika von Jussuph entzückt war,
Ist keine Kunst;
Er war jung, Jugend hat Gunst,
Er war schön, sie sagen, zum Entzücken,
Schön war sie, konnten einander beglücken.
Aber daß du, die so lange mir erharrt war,
Feurige Jugendblicke mir schickst,

Jetzt mich liebst, mich später beglückst,
Das sollen meine Lieder preisen,
Sollst mir ewig Suleika heißen.

—

Da du nun Suleika heißest,
Sollt ich auch benamset sein.
Wenn du deinen Geliebten preisest,
Hatem! das soll der Name sein:
Nur daß man mich daran erkennet,
Keine Anmaßung soll es sein:
Wer sich St. Georgen-Ritter nennet,
Denkt nicht gleich Sankt Georg zu sein.
Nicht Hatem Thai, nicht der alles Gebende
Kann ich in meiner Armut sein;
Hatem Zograi nicht, der reichlichst Lebende
Von allen Dichtern, möcht ich sein.
Aber beide doch im Auge zu haben,
Es wird nicht ganz verwerflich sein:
Zu nehmen, zu geben des Glückes Gaben
Wird immer ein groß Vergnügen sein.
Sich liebend an einander zu laben
Wird Paradieses Wonne sein.

Hatem

Nicht Gelegenheit macht Diebe,
Sie ist selbst der größte Dieb;
Denn sie stahl den Rest der Liebe,
Die mir noch im Herzen blieb.

Dir hat sie ihn übergeben,
Meines Lebens Vollgewinn,
Daß ich nun, verarmt, mein Leben
Nur von dir gewärtig bin.

Doch ich fühle schon Erbarmen
Im Karfunkel deines Blicks
Und erfreu in deinen Armen
Mich erneuerten Geschicks.

Suleika

Hochbeglückt in deiner Liebe
Schelt ich nicht Gelegenheit;
Ward sie auch an dir zum Diebe,
Wie mich solch ein Raub erfreut!

Und wozu denn auch berauben?
Gib dich mir aus freier Wahl;
Gar zu gerne möcht ich glauben –
Ja, ich bin's, die dich bestahl.

Was so willig du gegeben,
Bringt dir herrlichen Gewinn,
Meine Ruh, mein reiches Leben
Geb ich freudig, nimm es hin!

Scherze nicht! Nichts von Verarmen!
Macht uns nicht die Liebe reich?
Halt ich dich in meinen Armen,
Jedem Glück ist meines gleich.

—

Fest in einem Hof. Persische Miniatur, 17. Jahrhundert
Free Library, Philadelphia (Foto: AKG, Berlin)

Der Liebende wird nicht irre gehn,
Wär's um ihn her auch noch so trübe.
Sollten Leila und Medschnun auferstehn,
Von mir erführen sie den Weg der Liebe.

—

Ist's möglich, daß ich Liebchen dich kose,
Vernehme der göttlichen Stimme Schall!
Unmöglich scheint immer die Rose,
Unbegreiflich die Nachtigall.

—

Suleika

Als ich auf dem Euphrat schiffte,
Streifte sich der goldne Ring
Fingerab in Wasserklüfte,
Den ich jüngst von dir empfing.

Also träumt ich. Morgenröte
Blitzt ins Auge durch den Baum,
Sag, Poete, sag, Prophete!
Was bedeutet dieser Traum?

Hatem

Dies zu deuten bin erbötig!
Hab ich dir nicht oft erzählt,
Wie der Doge von Venedig
Mit dem Meere sich vermählt?

So von deinen Fingergliedern
Fiel der Ring dem Euphrat zu.

Ach zu tausend Himmelsliedern,
Süßer Traum, begeisterst du!

Mich, der von den Indostanen
Streifte bis Damaskus hin,
Um mit neuen Karawanen
Bis ans Rote Meer zu ziehn,

Mich vermählst du deinem Flusse,
Der Terrasse, diesem Hain,
Hier soll bis zum letzten Kusse
Dir mein Geist gewidmet sein.

—

Kenne wohl der Männer Blicke,
Einer sagt: »Ich liebe, leide!
Ich begehre, ja verzweifle!«
Und was sonst ist, kennt ein Mädchen.
Alles das kann mir nicht helfen,
Alles das kann mich nicht rühren;
Aber, Hatem, deine Blicke
Geben erst dem Tage Glanz.
Denn sie sagen: »Die gefällt mir,
Wie mir sonst nichts mag gefallen.
Seh ich Rosen, seh ich Lilien,
Aller Gärten Zier und Ehre,
So Zypressen, Myrten, Veilchen,
Aufgeregt zum Schmuck der Erde;
Und geschmückt ist sie ein Wunder,
Mit Erstaunen uns umfangend,
Uns erquickend, heilend, segnend,
Daß wir uns gesundet fühlen,
Wieder gern erkranken möchten.«

Da erblicktest du Suleika
Und gesundetest erkrankend
Und erkranketest gesundend,
Lächeltest und sahst herüber,
Wie du nie der Welt gelächelt.
Und Suleika fühlt des Blickes
Ew'ge Rede: »Die gefällt mir,
Wie mir sonst nichts mag gefallen.«

Gingo Biloba

Dieses Baums Blatt, der von Osten
Meinem Garten anvertraut,
Gibt geheimen Sinn zu kosten,
Wie's den Wissenden erbaut.

Ist es ein lebendig Wesen,
Das sich in sich selbst getrennt?
Sind es zwei, die sich erlesen,
Daß man sie als eines kennt?

Solche Frage zu erwidern,
Fand ich wohl den rechten Sinn:
Fühlst du nicht an meinen Liedern,
Daß ich eins und doppelt bin?

—

Suleika

Sag, du hast wohl viel gedichtet,
Hin und her dein Lied gerichtet,
Schöne Schrift von deiner Hand,
Prachtgebunden, goldgerändet,

Bis auf Punkt und Strich vollendet,
Zierlich lockend, manchen Band?
Stets, wo du sie hingewendet,
War's gewiß ein Liebespfand?

Hatem

Ja, von mächtig holden Blicken,
Wie von lächelndem Entzücken
Und von Zähnen blendend klar,
Wimpernpfeilen, Lockenschlangen,
Hals und Busen reizumhangen
Tausendfältige Gefahr!
Denke nun, wie von so langem
Prophezeit Suleika war.

—

Suleika

Die Sonne kommt! Ein Prachterscheinen!
Der Sichelmond umklammert sie.
Wer konnte solch ein Paar vereinen?
Dies Rätsel, wie erklärt sich's? wie?

Hatem

Der Sultan konnt es, er vermählte
Das allerhöchste Weltenpaar,
Um zu bezeichnen Auserwählte,
Die Tapfersten der treuen Schar.

Auch sei's ein Bild von unsrer Wonne!
Schon seh ich wieder mich und dich,
Du nennst mich, Liebchen, deine Sonne,
Komm, süßer Mond, umklammre mich!

—

Komm, Liebchen, komm! umwinde mir die Mütze!
Aus deiner Hand nur ist der Tulbend schön.
Hat Abbas doch, auf Irans höchstem Sitze,
Sein Haupt nicht zierlicher umwinden sehn!

Ein Tulbend war das Band, das Alexandern
In Schleifen schön vom Haupte fiel
Und allen Folgeherrschern jenen andern,
Als Königszierde wohlgefiel.

Ein Tulbend ist's, der unsern Kaiser schmücket,
Sie nennen's Krone. Name geht wohl hin!
Juwel und Perle! sei das Aug entzücket!
Der schönste Schmuck ist stets der Musselin.

Und diesen hier, ganz rein und silberstreifig,
Umwinde, Liebchen, um die Stirn umher.
Was ist denn Hoheit? Mir ist sie geläufig!
Du schaust mich an, ich bin so groß als er.

—

Nur wenig ist's, was ich verlange,
Weil eben alles mir gefällt,
Und dieses wenige, wie lange,
Gibt mir gefällig schon die Welt!

Oft sitz ich heiter in der Schenke
Und heiter im beschränkten Haus;

Allein sobald ich dein gedenke,
Dehnt sich mein Geist erobernd aus.

Dir sollten Timurs Reiche dienen,
Gehorchen sein gebietend Heer,
Badakschan zollte dir Rubinen,
Türkise das Hyrkan'sche Meer.

Getrocknet honigsüße Früchte
Von Bochara dem Sonnenland,
Und tausend liebliche Gedichte
Auf Seidenblatt von Samarkand.

Da solltest du mit Freude lesen,
Was ich von Ormus dir verschrieb,
Und wie das ganze Handelswesen
Sich nur bewegte dir zulieb;

Wie in dem Lande der Brahmanen
Viel tausend Finger sich bemüht,
Daß alle Pracht der Indostanen
Für dich auf Woll und Seide blüht;

Ja, zu Verherrlichung der Lieben,
Gießbäche Soumelpours durchwühlt,
Aus Erde, Grus, Gerill, Geschieben
Dir Diamanten ausgespült;

Wie Taucherschar verwegner Männer
Der Perle Schatz dem Golf entriß,
Darauf ein Divan scharfer Kenner
Sie dir zu reihen sich befliß.

Wenn nun Bassora noch das letzte,
Gewürz und Weihrauch, beigetan,

Bringt alles, was die Welt ergetzte,
Die Karawane dir heran.

Doch alle diese Kaisergüter
Verwirrten doch zuletzt den Blick;
Und wahrhaft liebende Gemüter
Eins nur im andern fühlt sein Glück.

—

Hätt ich irgend wohl Bedenken,
Balch, Bochara, Samarkand,
Süßes Liebchen, dir zu schenken,
Dieser Städte Rausch und Tand?

Aber frag einmal den Kaiser,
Ob er dir die Städte gibt?
Er ist herrlicher und weiser;
Doch er weiß nicht, wie man liebt.

Herrscher, zu dergleichen Gaben
Nimmermehr bestimmst du dich!
Solch ein Mädchen muß man haben
Und ein Bettler sein wie ich.

—

Die schön geschriebenen,
Herrlich umgüldeten
Belächeltest du,
Die anmaßlichen Blätter,
Verziehst mein Prahlen
Von deiner Lieb und meinem
Durch dich glücklichen Gelingen,
Verziehst anmutigem Selbstlob.

Sultan mit Hofstaat. Nach einer persischen Miniatur
Privatbesitz (Foto: AKG, Berlin)

Selbstlob! Nur dem Neide stinkt's,
Wohlgeruch Freunden
Und eignem Schmack!

Freude des Daseins ist groß,
Größer die Freud am Dasein.
Wenn du, Suleika,
Mich überschwenglich beglückst,
Deine Leidenschaft mir zuwirfst,
Als wär's ein Ball,
Daß ich ihn fange,
Dir zurückwerfe
Mein gewidmetes Ich:
Das ist ein Augenblick!
Und dann reißt mich von dir
Bald der Franke, bald der Armenier.

Aber Tage währt's,
Jahre dauert's, daß ich neu erschaffe
Tausendfältig deiner Verschwendungen Fülle,
Auftrösle die bunte Schnur meines Glücks,
Geklöppelt tausendfadig
Von dir, o Suleika.

Hier nun dagegen
Dichtrische Perlen,
Die mir deiner Leidenschaft
Gewaltige Brandung
Warf an des Lebens
Verödeten Strand aus.
Mit spitzen Fingern
Zierlich gelesen,
Durchreiht mit juwelenem

Goldschmuck,
Nimm sie an deinen Hals,
An deinen Busen!
Die Regentropfen Allahs,
Gereift in bescheidener Muschel.

—

Lieb um Liebe, Stund um Stunde,
Wort um Wort und Blick um Blick;
Kuß um Kuß, vom treusten Munde,
Hauch um Hauch und Glück um Glück.
So am Abend, so am Morgen!
Doch du fühlst an meinen Liedern
Immer noch geheime Sorgen;
Jussuphs Reize möcht ich borgen,
Deine Schönheit zu erwidern.

—

Suleika

Volk und Knecht und Überwinder,
Sie gestehn, zu jeder Zeit:
Höchstes Glück der Erdenkinder
Sei nur die Persönlichkeit.

Jedes Leben sei zu führen,
Wenn man sich nicht selbst vermißt;
Alles könne man verlieren,
Wenn man bliebe, was man ist.

Hatem

Kann wohl sein! so wird gemeinet;
Doch ich bin auf andrer Spur:
Alles Erdenglück vereinet
Find ich in Suleika nur.

Wie sie sich an mich verschwendet,
Bin ich mir ein wertes Ich;
Hätte sie sich weggewendet,
Augenblicks verlör ich mich.

Nun mit Hatem wär's zu Ende;
Doch schon hab ich umgelost:
Ich verkörpre mich behende
In den Holden, den sie kost.

Wollte, wo nicht gar ein Rabbi,
Das will mir so recht nicht ein,
Doch Ferdusi, Motanabbi,
Allenfalls der Kaiser sein.

—

Hatem

Wie des Goldschmieds Bazarlädchen
Vielgefärbt geschliffne Lichter,
So umgeben hübsche Mädchen
Den beinah ergrauten Dichter.

Mädchen

Singst du schon Suleika wieder!
Diese können wir nicht leiden,

Nicht um dich – um deine Lieder
Wollen, müssen wir sie neiden.

Denn wenn sie auch garstig wäre,
Machst du sie zum schönsten Wesen,
Und so haben wir von Dschemil
Und Boteinah viel gelesen.

Aber eben weil wir hübsch sind,
Möchten wir auch gern gemalt sein,
Und, wenn du es billig machest,
Sollst du auch recht hübsch bezahlt sein.

Hatem

Bräunchen, komm, es wird schon gehen;
Zöpfe, Kämme groß und kleine
Zieren Köpfchens nette Reine
Wie die Kuppel ziert Moscheen.

Du, Blondinchen, bist so zierlich,
Aller Weis und Weg so nette,
Man gedenkt nicht ungebührlich
Alsogleich der Minarette.

Du da hinten hast der Augen
Zweierlei, du kannst die beiden
Einzeln nach Belieben brauchen;
Doch ich sollte dich vermeiden.

Leichtgedrückt der Augenlider
Eines, die den Stern bewhelmen,
Deutet auf den Schelm der Schelmen,
Doch das andre schaut so bieder.

Dies, wenn jens verwundend angelt,
Heilend, nährend wird sich's weisen.
Niemand kann ich glücklich preisen,
Der des Doppelblicks ermangelt.

Und so könnt ich alle loben,
Und so könnt ich alle lieben:
Denn so wie ich euch erhoben,
War die Herrin mit beschrieben.

Mädchen

Dichter will so gerne Knecht sein,
Weil die Herrschaft draus entspringet;
Doch vor allem sollt ihm recht sein,
Wenn das Liebchen selber singet.

Ist sie denn des Liedes mächtig,
Wie's auf unsern Lippen waltet?
Denn es macht sie gar verdächtig,
Daß sie im Verborgnen schaltet.

Hatem

Nun wer weiß, was sie erfüllet!
Kennt ihr solcher Tiefe Grund?
Selbstgefühltes Lied entquillet,
Selbstgedichtetes dem Mund.

Von euch Dichterinnen allen
Ist ihr eben keine gleich:
Denn sie singt mir zu gefallen,
Und ihr singt und liebt nur euch.

Mädchen

Merke wohl, du hast uns eine
Jener Huris vorgeheuchelt!
Mag schon sein! wenn es nur keine
Sich auf dieser Erde schmeichelt.

Hatem

Locken, haltet mich gefangen
In dem Kreise des Gesichts!
Euch geliebten braunen Schlangen
Zu erwidern hab ich nichts.

Nur dies Herz, es ist von Dauer,
Schwillt in jugendlichstem Flor;
Unter Schnee und Nebelschauer
Rast ein Ätna dir hervor.

Du beschämst wie Morgenröte
Jener Gipfel ernste Wand,
Und noch einmal fühlet Hatem
Frühlingshauch und Sommerbrand.

Schenke her! Noch eine Flasche!
Diesen Becher bring ich ihr!
Findet sie ein Häufchen Asche,
Sagt sie: »Der verbrannte mir.«

Suleika

Nimmer will ich dich verlieren!
Liebe gibt der Liebe Kraft.
Magst du meine Jugend zieren
Mit gewalt'ger Leidenschaft.

Ach! wie schmeichelt's meinem Triebe,
Wenn man meinen Dichter preist.
Denn das Leben ist die Liebe
Und des Lebens Leben Geist.

—

Laß deinen süßen Rubinenmund
Zudringlichkeiten nicht verfluchen;
Was hat Liebesschmerz andern Grund,
Als seine Heilung zu suchen?

—

Bist du von deiner Geliebten getrennt
Wie Orient vom Okzident,
Das Herz durch alle Wüsten rennt;
Es gibt sich überall selbst das Geleit,
Für Liebende ist Bagdad nicht weit.

—

Mag sie sich immer ergänzen
Eure brüchige Welt in sich!
Diese klaren Augen sie glänzen,
Dieses Herz es schlägt für mich!

—

Oh, daß der Sinnen doch so viele sind!
Verwirrung bringen sie ins Glück herein.
Wenn ich dich sehe, wünsch ich taub zu sein,
Wenn ich dich höre, blind.

—

Auch in der Ferne dir so nah!
Und unerwartet kommt die Qual.
Da hör ich wieder dich einmal,
Auf einmal bist du wieder da!

—

Wie sollt ich heiter bleiben,
Entfernt von Tag und Licht?
Nun aber will ich schreiben,
Und trinken mag ich nicht.

Wenn sie mich an sich lockte,
War Rede nicht im Brauch,
Und wie die Zunge stockte,
So stockt die Feder auch.

Nur zu! geliebter Schenke,
Den Becher fülle still!
Ich sage nur: »Gedenke!«
Schon weiß man, was ich will.

—

Wenn ich dein gedenke,
Fragt mich gleich der Schenke:
»Herr, warum so still?
Da von deinen Lehren
Immer weiter hören
Saki gerne will.«

Wenn ich mich vergesse
Unter der Zypresse,
Hält er nichts davon,
Und im stillen Kreise

Bin ich doch so weise,
Klug wie Salomon.

Buch Suleika

Ich möchte dieses Buch wohl gern
zusammenschürzen,
Daß es den andern wäre gleich geschnürt.
Allein wie willst du Wort und Blatt verkürzen,
Wenn Liebeswahnsinn dich ins Weite führt?

—

An vollen Büschelzweigen,
Geliebte, sieh nur hin!
Laß dir die Früchte zeigen
Umschalet stachlig grün.

Sie hängen längst geballet,
Still, unbekannt mit sich,
Ein Ast, der schaukelnd wallet,
Wiegt sie geduldiglich.

Doch immer reift von innen
Und schwillt der braune Kern,
Er möchte Luft gewinnen
Und säh die Sonne gern.

Die Schale platzt und nieder
Macht er sich freudig los;
So fallen meine Lieder
Gehäuft in deinen Schoß.

—

Suleika

An des lust'gen Brunnens Rand,
Der in Wasserfäden spielt,
Wußt ich nicht, was fest mich hielt;
Doch da war von deiner Hand
Meine Chiffer leis gezogen,
Nieder blickt ich, dir gewogen.

Hier, am Ende des Kanals
Der gereihten Hauptallee,
Blick ich wieder in die Höh,
Und da seh ich abermals
Meine Lettern fein gezogen:
Bleibe! bleibe mir gewogen!

Hatem

Möge Wasser, springend, wallend,
Die Zypressen dir gestehn:
Von Suleika zu Suleika
Ist mein Kommen und mein Gehn.

Suleika

Kaum daß ich dich wieder habe,
Dich mit Kuß und Liedern labe,
Bist du still in dich gekehret;
Was beengt und drückt und störet?

Hatem

Ach, Suleika, soll ich's sagen?
Statt zu loben, möcht ich klagen!

Sangest sonst nur meine Lieder,
Immer neu und immer wieder.

Sollte wohl auch diese loben,
Doch sie sind nur eingeschoben;
Nicht von Hafis, nicht Nisami,
Nicht Saadi, nicht von Dschami.

Kenn ich doch der Väter Menge,
Silb um Silbe, Klang um Klänge,
Im Gedächtnis unverloren;
Diese da sind neu geboren.

Gestern wurden sie gedichtet.
Sag! hast du dich neu verpflichtet?
Hauchest du so froh-verwegen
Fremden Atem mir entgegen,

Der dich ebenso belebet,
Ebenso in Liebe schwebet,
Lockend, ladend zum Vereine,
So harmonisch als der meine?

Suleika

War Hatem lange doch entfernt,
Das Mädchen hatte was gelernt,
Von ihm war sie so schön gelobt,
Da hat die Trennung sich erprobt.
Wohl, daß sie dir nicht fremde scheinen;
Sie sind Suleikas, sind die deinen.

—

Behramgur, sagt man, hat den Reim erfunden,
Er sprach entzückt aus reiner Seele Drang;
Dilaram schnell, die Freundin seiner Stunden,
Erwiderte mit gleichem Wort und Klang.

Und so, Geliebte, warst du mir beschieden
Des Reims zu finden holden Lustgebrauch,
Daß auch Behramgur ich, den Sassaniden,
Nicht mehr beneiden darf: mir ward es auch.

Hast mir dies Buch geweckt, du hast's gegeben;
Denn was ich froh, aus vollem Herzen sprach,
Das klang zurück aus deinem holden Leben,
Wie Blick dem Blick, so Reim dem Reime nach.

Nun tön es fort zu dir, auch aus der Ferne
Das Wort erreicht, und schwände Ton und Schall.
Ist's nicht der Mantel noch gesäter Sterne?
Ist's nicht der Liebe hochverklärtes All?

—

Deinem Blick mich zu bequemen,
Deinem Munde, deiner Brust,
Deine Stimme zu vernehmen
War die letzt und erste Lust.

Gestern, ach, war sie die letzte,
Dann verlosch mir Leucht und Feuer,
Jeder Scherz, der mich ergetzte,
Wird nun schuldenschwer und teuer.

Eh es Allah nicht gefällt,
Uns aufs neue zu vereinen,

Gibt mir Sonne, Mond und Welt
Nur Gelegenheit zum Weinen.

Suleika

Was bedeutet die Bewegung?
Bringt der Ost mir frohe Kunde?
Seiner Schwingen frische Regung
Kühlt des Herzens tiefe Wunde.

Kosend spielt er mit dem Staube,
Jagt ihn auf in leichten Wölkchen,
Treibt zur sichern Rebenlaube
Der Insekten frohes Völkchen.

Lindert sanft der Sonne Glühen,
Kühlt auch mir die heißen Wangen,
Küßt die Reben noch im Fliehen,
Die auf Feld und Hügel prangen.

Und mir bringt sein leises Flüstern
Von dem Freunde tausend Grüße;
Eh noch diese Hügel düstern,
Grüßen mich wohl tausend Küsse.

Und so kannst du weiter ziehen!
Diene Freunden und Betrübten.
Dort, wo hohe Mauern glühen,
Find ich bald den Vielgeliebten.

Ach, die wahre Herzenskunde,
Liebeshauch, erfrischtes Leben
Wird mir nur aus seinem Munde,
Kann mir nur sein Atem geben.

Hochbild

Die Sonne, Helios der Griechen,
Fährt prächtig auf der Himmelsbahn,
Gewiß, das Weltall zu besiegen,
Blickt er umher, hinab, hinan.

Er sieht die schönste Göttin weinen,
Die Wolkentochter, Himmelskind,
Ihr scheint er nur allein zu scheinen;
Für alle heitre Räume blind

Versenkt er sich in Schmerz und Schauer
Und häuf'ger quillt ihr Tränenguß:
Er sendet Lust in ihre Trauer
Und jeder Perle Kuß auf Kuß.

Nun fühlt sie tief des Blicks Gewalten,
Und unverwandt schaut sie hinauf;
Die Perlen wollen sich gestalten:
Denn jede nahm sein Bildnis auf.

Und so, umkränzt von Farb und Bogen,
Erheitert leuchtet ihr Gesicht,
Entgegen kommt er ihr gezogen;
Doch er, doch ach! erreicht sie nicht.

So, nach des Schicksals hartem Lose,
Weichst du mir, Lieblichste, davon;
Und wär ich Helios der Große,
Was nützte mir der Wagenthron?

Nachklang

Es klingt so prächtig, wenn der Dichter
Der Sonne bald, dem Kaiser sich vergleicht;
Doch er verbirgt die traurigen Gesichter,
Wenn er in düstern Nächten schleicht.

Von Wolken streifenhaft befangen,
Versank zu Nacht des Himmels reinstes Blau;
Vermagert bleich sind meine Wangen
Und meine Herzenstränen grau.

Laß mich nicht so der Nacht, dem Schmerze,
Du Allerliebstes, du mein Mondgesicht,
Oh, du mein Phosphor, meine Kerze,
Du meine Sonne, du mein Licht!

Suleika

Ach, um deine feuchten Schwingen,
West, wie sehr ich dich beneide:
Denn du kannst ihm Kunde bringen,
Was ich in der Trennung leide!

Die Bewegung deiner Flügel
Weckt im Busen stilles Sehnen;
Blumen, Augen, Wald und Hügel
Stehn bei deinem Hauch in Tränen.

Doch dein mildes, sanftes Wehen
Kühlt die wunden Augenlider;
Ach, für Leid müßt ich vergehen,
Hofft ich nicht zu sehn ihn wieder.

Eile denn zu meinem Lieben,
Spreche sanft zu seinem Herzen;
Doch vermeid ihn zu betrüben
Und verbirg ihm meine Schmerzen.

Sag ihm, aber sag's bescheiden:
Seine Liebe sei mein Leben,
Freudiges Gefühl von beiden
Wird mir seine Nähe geben.

Wiederfinden

Ist es möglich! Stern der Sterne,
Drück ich wieder dich ans Herz!
Ach, was ist die Nacht der Ferne
Für ein Abgrund, für ein Schmerz!
Ja du bist es! meiner Freuden
Süßer, lieber Widerpart;
Eingedenk vergangner Leiden
Schaudr ich vor der Gegenwart.

Als die Welt im tiefsten Grunde
Lag an Gottes ew'ger Brust,
Ordnet' er die erste Stunde
Mit erhabner Schöpfungslust,
Und er sprach das Wort: Es werde!
Da erklang ein schmerzlich Ach!
Als das All mit Machtgebärde
In die Wirklichkeiten brach.

Auf tat sich das Licht: so trennte
Scheu sich Finsternis von ihm,
Und sogleich die Elemente

Scheidend auseinander fliehn.
Rasch, in wilden, wüsten Träumen,
Jedes nach der Weite rang,
Starr, in ungemeßnen Räumen,
Ohne Sehnsucht, ohne Klang.

Stumm war alles, still und öde,
Einsam Gott zum erstenmal!
Da erschuf er Morgenröte,
Die erbarmte sich der Qual;
Sie entwickelte dem Trüben
Ein erklingend Farbenspiel,
Und nun konnte wieder lieben,
Was erst auseinander fiel.

Und mit eiligem Bestreben
Sucht sich, was sich angehört;
Und zu ungemeßnem Leben
Ist Gefühl und Blick gekehrt.
Sei's Ergreifen, sei es Raffen,
Wenn es nur sich faßt und hält!
Allah braucht nicht mehr zu schaffen,
Wir erschaffen seine Welt.

So, mit morgenroten Flügeln,
Riß es mich an deinen Mund,
Und die Nacht mit tausend Siegeln
Kräftigt sternenhell den Bund.
Beide sind wir auf der Erde
Musterhaft in Freud und Qual,
Und ein zweites Wort: Es werde!
Trennt uns nicht zum zweitenmal.

Vollmondnacht

Herrin, sag, was heißt das Flüstern?
Was bewegt dir leis die Lippen?
Lispelst immer vor dich hin,
Lieblicher als Weines Nippen!
Denkst du deinen Mundgeschwistern
Noch ein Pärchen herzuziehn?
»Ich will küssen! Küssen! sagt ich.«

Schau! Im zweifelhaften Dunkel
Glühen blühend alle Zweige,
Nieder spielet Stern auf Stern;
Und smaragden durchs Gesträuche
Tausendfältiger Karfunkel:
Doch dein Geist ist allem fern.
»Ich will küssen! Küssen! sagt ich.«

Dein Geliebter, fern, erprobet
Gleicherweis im Sauersüßen,
Fühlt ein unglücksel'ges Glück.
Euch im Vollmond zu begrüßen
Habt ihr heilig angelobet,
Dieses ist der Augenblick.
»Ich will küssen! Küssen! sag ich.«

Geheimschrift

Laßt euch, o Diplomaten!
Recht angelegen sein,
Und eure Potentaten
Beratet rein und fein!
Geheimer Chiffern Sendung

Beschäftige die Welt,
Bis endlich jede Wendung
Sich selbst ins Gleiche stellt.

Mir von der Herrin süße
Die Chiffer ist zur Hand,
Woran ich schon genieße,
Weil sie die Kunst erfand;
Es ist die Liebesfülle
Im lieblichsten Revier,
Der holde, treue Wille
Wie zwischen mir und ihr.

Von abertausend Blüten
Ist es ein bunter Strauß,
Von englischen Gemüten
Ein vollbewohntes Haus;
Von buntesten Gefiedern
Der Himmel übersät,
Ein klingend Meer von Liedern
Geruchvoll überweht.

Ist unbedingten Strebens
Geheime Doppelschrift,
Die in das Mark des Lebens
Wie Pfeil um Pfeile trifft.
Was ich euch offenbaret,
War längst ein frommer Brauch,
Und wenn ihr es gewahret,
So schweigt und nutzt es auch.

Der Vogelfänger. Nach einer persischen Miniatur
Privatbesitz (Foto: AKG, Berlin)

Abglanz

Ein Spiegel er ist mir geworden,
Ich sehe so gerne hinein,
Als hinge des Kaisers Orden
An mir mit Doppelschein;
Nicht etwa selbstgefällig
Such ich mich überall;
Ich bin so gerne gesellig,
Und das ist hier der Fall.

Wenn ich nun vorm Spiegel stehe,
Im stillen Witwerhaus,
Gleich guckt, eh ich mich versehe,
Das Liebchen mit heraus.
Schnell kehr ich mich um, und wieder
Verschwand sie, die ich sah;
Dann blick ich in meine Lieder,
Gleich ist sie wieder da.

Die schreib ich immer schöner
Und mehr nach meinem Sinn,
Trotz Krittler und Verhöhner,
Zu täglichem Gewinn.
Ihr Bild in reichen Schranken
Verherrlichet sich nur
In goldnen Rosenranken
Und Rähmchen von Lasur.

Suleika

Wie mit innigstem Behagen,
Lied, empfind ich deinen Sinn!
Liebevoll du scheinst zu sagen:
Daß ich ihm zur Seite bin,

Daß er ewig mein gedenket,
Seiner Liebe Seligkeit
Immerdar der Fernen schenket,
Die ein Leben ihm geweiht.

Ja, mein Herz, es ist der Spiegel,
Freund, worin du dich erblickt;
Diese Brust, wo deine Siegel
Kuß auf Kuß hereingedrückt.

Süßes Dichten, lautre Wahrheit
Fesselt mich in Sympathie!
Rein verkörpert Liebesklarheit
Im Gewand der Poesie.

—

Laß den Weltenspiegel Alexandern;
Denn was zeigt er? – Da und dort
Stille Völker, die er mit den andern
Zwingend rütteln möchte fort und fort.

Du! nicht weiter, nicht zu Fremden strebe!
Singe mir, die du dir eigen sangst.
Denke, daß ich liebe, daß ich lebe,
Denke, daß du mich bezwangst.

—

Die Welt durchaus ist lieblich anzuschauen,
Vorzüglich aber schön die Welt der Dichter;
Auf bunten, hellen oder silbergrauen
Gefilden, Tag und Nacht, erglänzen Lichter.
Heut ist mir alles herrlich; wenn's nur bliebe!
Ich sehe heut durchs Augenglas der Liebe.

—

In tausend Formen magst du dich verstecken,
Doch, Allerliebste, gleich erkenn ich dich;
Du magst mit Zauberschleiern dich bedecken,
Allgegenwärt'ge, gleich erkenn ich dich.

An der Zypresse reinstem, jungem Streben,
Allschöngewachsne, gleich erkenn ich dich,
In des Kanales reinem Wellenleben,
Allschmeichelhafte, wohl erkenn ich dich.

Wenn steigend sich der Wasserstrahl entfaltet,
Allspielende, wie froh erkenn ich dich;
Wenn Wolke sich gestaltend umgestaltet,
Allmannigfalt'ge, dort erkenn ich dich.

An des geblümten Schleiers Wiesenteppich,
Allbuntbesternte, schön erkenn ich dich;
Und greift umher ein tausendarm'ger Eppich,
O Allumklammernde, da kenn ich dich.

Wenn am Gebirg der Morgen sich entzündet,
Gleich, Allerheiternde, begrüß ich dich,
Dann über mir der Himmel rein sich ründet,
Allherzerweiternde, dann atm ich dich.

Was ich mit äußerm Sinn, mit innerm kenne,
Du Allbelehrende, kenn ich durch dich;
Und wenn ich Allahs Namenhundert nenne,
Mit jedem klingt ein Name nach für dich.

DAS SCHENKENBUCH

Ja, in der Schenke hab ich auch gesessen,
Mir ward wie andern zugemessen,
Sie schwatzten, schrieen, händelten von heut,
So froh und traurig, wie's der Tag gebeut;
Ich aber saß, im Innersten erfreut,
An meine Liebste dacht ich – wie sie liebt?
Das weiß ich nicht, was aber mich bedrängt!
Ich liebe sie, wie es ein Busen gibt,
Der treu sich Einer gab und knechtisch hängt.
Wo war das Pergament, der Griffel wo,
Die alles faßten? – doch so war's! ja so!

—

Sitz ich allein,
Wo kann ich besser sein?
Meinen Wein
Trink ich allein,
Niemand setzt mir Schranken,
Ich hab so meine eignen Gedanken.

—

So weit bracht es Muley, der Dieb,
Daß er trunken schöne Lettern schrieb.

—

Ob der Koran von Ewigkeit sei?
Darnach frag ich nicht!
Ob der Koran geschaffen sei?

Das weiß ich nicht!
Daß er das Buch der Bücher sei,
Glaub ich aus Mosleminenpflicht.
Daß aber der Wein von Ewigkeit sei,
Daran zweifl ich nicht;
Oder daß er vor den Engeln geschaffen sei,
Ist vielleicht auch kein Gedicht.
Der Trinkende, wie es auch immer sei,
Blickt Gott frischer ins Angesicht.

—

Trunken müssen wir alle sein!
Jugend ist Trunkenheit ohne Wein;
Trinkt sich das Alter wieder zu Jugend,
So ist es wundervolle Tugend.
Für Sorgen sorgt das liebe Leben,
Und Sorgenbrecher sind die Reben.

—

Da wird nicht mehr nachgefragt!
Wein ist ernstlich untersagt.
Soll denn doch getrunken sein,
Trinke nur vom besten Wein:
Doppelt wärest du ein Ketzer
In Verdammnis um den Krätzer.

—

Solang man nüchtern ist,
Gefällt das Schlechte;
Wie man getrunken hat,
Weiß man das Rechte;

Nur ist das Übermaß
Auch gleich zu Handen;
Hafis, o lehre mich,
Wie du's verstanden!

—

Denn meine Meinung ist
Nicht übertrieben:
Wenn man nicht trinken kann,
Soll man nicht lieben;
Doch sollt ihr Trinker euch
Nicht besser dünken,
Wenn man nicht lieben kann,
Soll man nicht trinken.

—

Suleika

Warum du nur oft so unhold bist?

Hatem

Du weißt, daß der Leib ein Kerker ist;
Die Seele hat man hinein betrogen;
Da hat sie nicht freie Ellebogen.
Will sie sich da- und dorthin retten,
Schnürt man den Kerker selbst in Ketten,
Da ist das Liebchen doppelt gefährdet,
Deshalb sie sich oft so seltsam gebärdet.

—

Wenn der Körper ein Kerker ist,
Warum nur der Kerker so durstig ist?

Seele befindet sich wohl darinnen
Und bliebe gern vergnügt bei Sinnen;
Nun aber soll eine Flasche Wein,
Frisch eine nach der andern herein.
Seele will's nicht länger ertragen,
Sie an der Türe in Stücke schlagen.

Dem Kellner

Setze mir nicht, du Grobian,
Mir den Krug so derb vor die Nase!
Wer mir Wein bringt, sehe mich freundlich an,
Sonst trübt sich der Eilfer im Glase.

Dem Schenken

Du zierlicher Knabe, du komm herein,
Was stehst du denn da auf der Schwelle?
Du sollst mir künftig der Schenke sein,
Jeder Wein ist schmackhaft und helle.

Schenke spricht

Du, mit deinen braunen Locken,
Geh mir weg, verschmitzte Dirne!
Schenk ich meinem Herrn zu Danke,
Nun so küßt er mir die Stirne.

Aber du, ich wollte wetten,
Bist mir nicht damit zufrieden,
Deine Wangen, deine Brüste
Werden meinen Freund ermüden.

Glaubst du wohl mich zu betriegen,
Daß du jetzt verschämt entweichest?
Auf der Schwelle will ich liegen
Und erwachen, wenn du schleichest.

—

Sie haben wegen der Trunkenheit
Vielfältig uns verklagt
Und haben von unsrer Trunkenheit
Lange nicht genug gesagt.
Gewöhnlich der Betrunkenheit
Erliegt man, bis es tagt;
Doch hat mich meine Betrunkenheit
In der Nacht umhergejagt.
Es ist die Liebestrunkenheit,
Die mich erbärmlich plagt,
Von Tag zu Nacht, von Nacht zu Tag
In meinem Herzen zagt.
Dem Herzen, das in Trunkenheit
Der Lieder schwillt und ragt,
Daß keine nüchterne Trunkenheit
Sich gleich zu heben wagt.
Lieb-, Lied- und Weines Trunkenheit,
Ob's nachtet oder tagt,
Die göttlichste Betrunkenheit,
Die mich entzückt und plagt.

—

Du kleiner Schelm du!
Daß ich mir bewußt sei,
Darauf kommt es überall an.
Und so erfreu ich mich
Auch deiner Gegenwart,
Du Allerliebster,
Obgleich betrunken.

—

Was in der Schenke waren heute
Am frühsten Morgen für Tumulte!
Der Wirt und Mädchen! Fackeln, Leute!
Was gab's für Händel, für Insulte!
Die Flöte klang, die Trommel scholl!
Es war ein wüstes Wesen –
Doch bin ich, Lust und Liebe voll,
Auch selbst dabei gewesen.

Daß ich von Sitte nichts gelernt,
Darüber tadelt mich ein jeder;
Doch bleib ich weislich weit entfernt
Vom Streit der Schulen und Katheder.

—

Schenke

Welch ein Zustand! Herr, so späte
Schleichst du heut aus deiner Kammer;
Perser nennen's Bidamag buden,
Deutsche sagen Katzenjammer.

Dichter

Laß mich jetzt, geliebter Knabe,
Mir will nicht die Welt gefallen,
Nicht der Schein, der Duft der Rose,
Nicht der Sang der Nachtigallen.

Schenke

Eben das will ich behandeln,
Und ich denk, es soll mir klecken,
Hier! genieß die frischen Mandeln,
Und der Wein wird wieder schmecken.

Dann will ich auf der Terrasse
Dich mit frischen Lüften tränken;
Wie ich dich ins Auge fasse,
Gibst du einen Kuß dem Schenken.

Schau! die Welt ist keine Höhle,
Immer reich an Brut und Nestern,
Rosenduft und Rosenöle;
Bulbul auch, sie singt wie gestern.

—

Jene garstige Vettel,
Die buhlerische,
Welt heißt man sie,
Mich hat sie betrogen
Wie die übrigen alle.
Glaube nahm sie mir weg,
Dann die Hoffnung,
Nun wollte sie
An die Liebe,

Da riß ich aus.
Den geretteten Schatz
Für ewig zu sichern,
Teilt ich ihn weislich
Zwischen Suleika und Saki.
Jedes der beiden
Beeifert sich um die Wette,
Höhere Zinsen zu entrichten.
Und ich bin reicher als je:
Den Glauben hab ich wieder!
An ihre Liebe den Glauben;
Er, im Becher, gewährt mir
Herrliches Gefühl der Gegenwart;
Was will da die Hoffnung!

Schenke

Heute hast du gut gegessen,
Doch du hast noch mehr getrunken;
Was du bei dem Mahl vergessen,
Ist in diesen Napf gesunken.

Sieh, das nennen wir ein Schwänchen,
Wie's dem satten Gast gelüstet;
Dieses bring ich meinem Schwane,
Der sich auf den Wellen brüstet.

Doch vom Singschwan will man wissen,
Daß er sich zu Grabe läutet;
Laß mich jedes Lied vermissen,
Wenn es auf dein Ende deutet.

Schenke

Nennen dich den großen Dichter,
Wenn dich auf dem Markte zeigest;
Gerne hör ich, wenn du singest,
Und ich horche, wenn du schweigest.

Doch ich liebe dich noch lieber,
Wenn du küssest zum Erinnern;
Denn die Worte gehn vorüber,
Und der Kuß der bleibt im Innern.

Reim auf Reim will was bedeuten,
Besser ist es, viel zu denken.
Singe du den andern Leuten
Und verstumme mit dem Schenken.

—

Dichter

Schenke komm! Noch einen Becher!

Schenke

Herr, du hast genug getrunken;
Nennen dich den wilden Zecher!

Dichter

Sahst du je, daß ich gesunken?

Schenke

Mahomet verbietet's.

Dichter

Liebchen!
Hört es niemand, will dir's sagen.

Schenke

Wenn du einmal gerne redest,
Brauch ich gar nicht viel zu fragen.

Dichter

Horch! wir andren Muselmannen,
Nüchtern sollen wir gebückt sein,
Er, in seinem heil'gen Eifer,
Möchte gern allein verrückt sein.

—

Saki

Denk, o Herr! wenn du getrunken,
Sprüht um dich des Feuers Glast!
Prasselnd blitzen tausend Funken,
Und du weißt nicht, wo es faßt.

Mönche seh ich in den Ecken,
Wenn du auf die Tafel schlägst,
Die sich gleisnerisch verstecken,
Wenn dein Herz du offen trägst.

Sag mir nur, warum die Jugend,
Noch von keinem Fehler frei,
So ermangelnd jeder Tugend,
Klüger als das Alter sei.

Alles weißt du, was der Himmel,
Alles, was die Erde trägt,
Und verbirgst nicht das Gewimmel,
Wie sich's dir im Busen regt.

Hatem

Eben drum, geliebter Knabe,
Bleibe jung und bleibe klug;
Dichten zwar ist Himmelsgabe,
Doch im Erdeleben Trug.

Erst sich im Geheimnis wiegen,
Dann verplaudern früh und spat!
Dichter ist umsonst verschwiegen,
Dichten selbst ist schon Verrat.

Sommernacht

Dichter

Niedergangen ist die Sonne,
Doch im Westen glänzt es immer;
Wissen möcht ich wohl, wie lange
Dauert noch der goldne Schimmer?

Schenke

Willst du, Herr, so will ich bleiben,
Warten außer diesen Zelten;
Ist die Nacht des Schimmers Herrin,
Komm ich gleich es dir zu melden.

Denn ich weiß, du liebst, das Droben,
Das Unendliche zu schauen,
Wenn sie sich einander loben,
Jene Feuer in dem Blauen.

Und das hellste will nur sagen:
»Jetzo glänz ich meiner Stelle;
Wollte Gott euch mehr betagen,
Glänztet ihr wie ich so helle.«

Denn vor Gott ist alles herrlich,
Eben weil er ist der Beste;
Und so schläft nun aller Vogel
In dem groß- und kleinen Neste.

Einer sitzt auch wohl gestängelt
Auf den Ästen der Zypresse,
Wo der laue Wind ihn gängelt,
Bis zu Taues luft'ger Nässe.

Solches hast du mich gelehret,
Oder etwas auch dergleichen;
Was ich je dir abgehöret,
Wird dem Herzen nicht entweichen.

Eule will ich deinetwegen
Kauzen hier auf der Terrasse,
Bis ich erst des Nordgestirnes
Zwillingswendung wohl erpasse.

Und da wird es Mitternacht sein,
Wo du oft zu früh ermunterst,
Und dann wird es eine Pracht sein,
Wenn das All mit mir bewunderst.

Dichter

Zwar in diesem Duft und Garten
Tönet Bulbul ganze Nächte;
Doch du könntest lange warten,
Bis die Nacht so viel vermöchte.

Denn in dieser Zeit der Flora,
Wie das Griechenvolk sie nennet,
Die Strohwitwe, die Aurora,
Ist in Hesperus entbrennet.

Sieh dich um! sie kommt! wie schnelle!
Über Blumenfelds Gelänge! –
Hüben hell und drüben helle,
Ja, die Nacht kommt ins Gedränge.

Und auf roten leichten Sohlen
Ihn, der mit der Sonn entlaufen,
Eilt sie irrig einzuholen;
Fühlst du nicht ein Liebe-Schnaufen?

Geh nur, lieblichster der Söhne,
Tief ins Innre, schließ die Türen;
Denn sie möchte deine Schöne
Als den Hesperus entführen.

—

Der Schenke *schläfrig*

So hab ich endlich von dir erharrt:
In allen Elementen Gottes Gegenwart.
Wie du mir das so lieblich gibst!
Am lieblichsten aber, daß du liebst.

Hatem

Der schläft recht süß und hat ein Recht zu schlafen.
Du guter Knabe hast mir eingeschenkt,
Vom Freund und Lehrer, ohne Zwang und Strafen,
So jung vernommen, wie der Alte denkt.
Nun aber kommt Gesundheit holder Fülle
Dir in die Glieder, daß du dich erneust.
Ich trinke noch, bin aber stille, stille,
Damit du mich, erwachend nicht, erfreust.

Vom Himmel sank in wilder Meere Schauer
Ein Tropfe bangend, gräßlich schlug die Flut,
Doch lohnte Gott bescheidnen Glaubensmut
Und gab dem Tropfen Kraft und Dauer.
Ihn schloß die stille Muschel ein.
Und nun, zu ew'gem Ruhm und Lohne,
Die Perle glänzt an unsers Kaisers Krone
Mit holdem Blick und mildem Schein.

—

Bulbuls Nachtlied durch die Schauer
Drang zu Allahs lichtem Throne,
Und dem Wohlgesang zu Lohne
Sperrt' er sie in goldnen Bauer.
Dieser sind des Menschen Glieder.
Zwar sie fühlet sich beschränket;
Doch wenn sie es recht bedenket,
Singt das Seelchen immer wieder.

Wunderglaube

Zerbrach einmal eine schöne Schal
Und wollte schier verzweifeln;
Unart und Übereil zumal
Wünscht ich zu allen Teufeln.
Erst rast ich aus, dann weint ich weich
Beim traurigen Scherbelesen;

Der Kampf mit dem Drachen. Persische Buchmalerei, 17. Jahrhundert. Free Library, Philadelphia (Foto: AKG, Berlin)

Das jammerte Gott, er schuf es gleich
So ganz als wie es gewesen.

—

Die Perle, die der Muschel entrann,
Die schönste, hochgeboren,
Zum Juwelier, dem guten Mann,
Sprach sie: »Ich bin verloren!
Durchbohrst du mich, mein schönes All
Es ist sogleich zerrüttet,
Mit Schwestern muß ich, Fall für Fall,
Zu schlechten sein geküttet.«

»Ich denke jetzt nur an Gewinn,
Du mußt es mir verzeihen:
Denn wenn ich hier nicht grausam bin,
Wie soll die Schnur sich reihen?«

—

Ich sah mit Staunen und Vergnügen
Eine Pfauenfeder im Koran liegen:
»Willkommen an dem heil'gen Platz,
Der Erdgebilde höchster Schatz!
An dir, wie an des Himmels Sternen,
Ist Gottes Größe im Kleinen zu lernen,
Daß er, der Welten überblickt,
Sein Auge hier hat aufgedrückt,
Und so den leichten Flaum geschmückt,
Daß Könige kaum unternahmen
Die Pracht des Vogels nachzuahmen.
Bescheiden freue dich des Ruhms,
So bist du wert des Heiligtums.«

Ein Kaiser hatte zwei Kassiere,
Einen zum Nehmen, einen zum Spenden;
Diesem fiel's nur so aus den Händen,
Jener wußte nicht, woher zu nehmen.
Der Spendende starb;
der Herrscher wußte nicht gleich,
Wem das Geberamt sei anzuvertrauen,
Und wie man kaum tät um sich schauen,
So war der Nehmer unendlich reich;
Man wußte kaum vor Gold zu leben,
Weil man einen Tag nichts ausgegeben.
Da ward nun erst dem Kaiser klar,
Was schuld an allem Unheil war.
Den Zufall wußt er wohl zu schätzen,
Nie wieder die Stelle zu besetzen.

—

Zum Kessel sprach der neue Topf:
»Was hast du einen schwarzen Bauch!«
»Das ist bei uns nun Küchgebrauch;
Herbei, herbei du glatter Tropf,
Bald wird dein Stolz sich mindern.
Behält der Henkel ein klar Gesicht,
Darob erhebe du dich nicht.
Besieh nur deinen Hintern.«

—

Alle Menschen groß und klein
Spinnen sich ein Gewebe fein,
Wo sie mit ihrer Scheren Spitzen
Gar zierlich in der Mitte sitzen.

Wenn nun darein ein Besen fährt,
Sagen sie, es sei unerhört,
Man habe den größten Palast zerstört.

—

Vom Himmel steigend Jesus bracht
Des Evangeliums ewige Schrift,
Den Jüngern las er sie Tag und Nacht;
Ein göttlich Wort es wirkt und trifft.
Er stieg zurück, nahm's wieder mit;
Sie aber hatten's gut gefühlt,
Und jeder schrieb, so Schritt vor Schritt,
Wie er's in seinem Sinn behielt,
Verschieden. Es hat nichts zu bedeuten:
Sie hatten nicht gleiche Fähigkeiten;
Doch damit können sich die Christen
Bis zu dem Jüngsten Tage fristen.

Es ist gut

Bei Mondeschein im Paradeis
Fand Jehovah im Schlafe tief
Adam versunken, legte leis
Zur Seit ein Evchen, das auch entschlief.
Da lagen nun, in Erdeschranken,
Gottes zwei lieblichste Gedanken. –
»Gut!!!« rief er sich zum Meisterlohn,
Er ging sogar nicht gern davon.

Kein Wunder, daß es uns berückt,
Wenn Auge frisch in Auge blickt,
Als hätten wir's so weit gebracht,
Bei dem zu sein, der uns gedacht.
Und ruft er uns, wohlan, es sei!
Nur, das beding ich, alle zwei.
Dich halten dieser Arme Schranken,
Liebster von allen Gottes-Gedanken.

BUCH DES PARSEN

Vermächtnis altpersischen Glaubens

Welch Vermächtnis, Brüder, sollt euch kommen
Von dem Scheidenden, dem armen Frommen,
Den ihr Jüngeren geduldig nährtet,
Seine letzten Tage pflegend ehrtet?

Wenn wir oft gesehn den König reiten,
Gold an ihm und Gold an allen Seiten,
Edelstein' auf ihn und seine Großen
Ausgesät wie dichte Hagelschloßen,

Habt ihr jemals ihn darum beneidet?
Und nicht herrlicher den Blick geweidet,
Wenn die Sonne sich auf Morgenflügeln
Darnawends unzähl'gen Gipfelhügeln

Bogenhaft hervorhob? Wer enthielte
Sich des Blicks dahin? Ich fühlte, fühlte
Tausendmal, in so viel Lebenstagen,
Mich mit ihr, der kommenden, getragen,

Gott auf seinem Throne zu erkennen,
Ihn den Herrn des Lebensquells zu nennen,
Jenes hohen Anblicks wert zu handeln
Und in seinem Lichte fortzuwandeln.

Aber stieg der Feuerkreis vollendet,
Stand ich als in Finsternis geblendet,

Schlug den Busen, die erfrischten Glieder
Warf ich, Stirn voran, zur Erde nieder.

Und nun sei ein heiliges Vermächtnis
Brüderlichem Wollen und Gedächtnis:
Schwerer Dienste tägliche Bewahrung,
Sonst bedarf es keiner Offenbarung.

Regt ein Neugeborner fromme Hände,
Daß man ihn sogleich zur Sonne wende,
Tauche Leib und Geist im Feuerbade!
Fühlen wird es jeden Morgens Gnade.

Dem Lebend'gen übergebt die Toten,
Selbst die Tiere deckt mit Schutt und Boden,
Und, soweit sich eure Kraft erstrecket,
Was euch unrein dünkt, es sei bedecket.

Grabet euer Feld ins zierlich Reine,
Daß die Sonne gern den Fleiß bescheine;
Wenn ihr Bäume pflanzt, so sei's in Reihen,
Denn sie läßt Geordnetes gedeihen.

Auch dem Wasser darf es in Kanälen
Nie am Laufe, nie an Reine fehlen;
Wie euch Senderud aus Bergrevieren
Rein entspringt, soll er sich rein verlieren.

Sanften Fall des Wassers nicht zu schwächen,
Sorgt, die Gräben fleißig auszustechen;
Rohr und Binse, Molch und Salamander,
Ungeschöpfe, tilgt sie miteinander!

Habt ihr Erd und Wasser so im Reinen,
Wird die Sonne gern durch Lüfte scheinen,

Wo sie, ihrer würdig aufgenommen,
Leben wirkt, dem Leben Heil und Frommen.

Ihr, von Müh zu Mühe so gepeinigt,
Seid getrost, nun ist das All gereinigt,
Und nun darf der Mensch als Priester wagen
Gottes Gleichnis aus dem Stein zu schlagen.

Wo die Flamme brennt, erkennet freudig,
Hell ist Nacht und Glieder sind geschmeidig.
An des Herdes raschen Feuerkräften
Reift das Rohe Tier- und Pflanzensäften.

Schleppt ihr Holz herbei, so tut's mit Wonne,
Denn ihr tragt den Samen ird'scher Sonne;
Pflückt ihr Pambeh, mögt ihr traulich sagen:
»Diese wird als Docht das Heil'ge tragen.«

Werdet ihr in jeder Lampe Brennen
Fromm den Abglanz höhern Lichts erkennen,
Soll euch nie ein Mißgeschick verwehren,
Gottes Thron am Morgen zu verehren.

Da ist unsers Daseins Kaisersiegel,
Uns und Engeln reiner Gottesspiegel,
Und was nur am Lob des Höchsten stammelt,
Ist in Kreis' um Kreise dort versammelt.

Will dem Ufer Senderuds entsagen,
Auf zum Darnawend die Flügel schlagen,
Wie sie tagt, ihr freudig zu begegnen
Und von dorther ewig euch zu segnen.

—

Wenn der Mensch die Erde schätzet,
Weil die Sonne sie bescheinet,
An der Rebe sich ergetzet,
Die dem scharfen Messer weinet,
Da sie fühlt, daß ihre Säfte,
Wohlgekocht, die Welt erquickend,
Werden regsam vielen Kräften,
Aber mehreren erstickend:
Weiß er das der Glut zu danken,
Die das alles läßt gedeihen;
Wird Betrunkner stammelnd wanken,
Mäß'ger wird sich singend freuen.

BUCH DES PARADIESES

Vorschmack

Der echte Moslem spricht vom Paradiese,
Als wenn er selbst allda gewesen wäre,
Er glaubt dem Koran, wie es der verhieße,
Hierauf begründet sich die reine Lehre.

Doch der Prophet, Verfasser jenes Buches,
Weiß unsre Mängel droben auszuwittern
Und sieht, daß trotz dem Donner seines Fluches
Die Zweifel oft den Glauben uns verbittern.

Deshalb entsendet er den ew'gen Räumen
Ein Jugendmuster, alles zu verjüngen;
Sie schwebt heran und fesselt, ohne Säumen,
Um meinen Hals die allerliebsten Schlingen.

Auf meinem Schoß, an meinem Herzen halt ich
Das Himmelswesen, mag nichts weiter wissen;
Und glaube nun ans Paradies gewaltig,
Denn ewig möcht ich sie so treulich küssen.

Berechtigte Männer

Nach der Schlacht von Bedr, unterm Sternenhimmel

Mahomet spricht

Seine Toten mag der Feind betrauern:
Denn sie liegen ohne Wiederkehren;

Unsre Brüder sollt ihr nicht bedauern:
Denn sie wandeln über jenen Sphären.

Die Planeten haben alle sieben
Die metallnen Tore weit getan,
Und schon klopfen die verklärten Lieben
Paradieses Pforten kühnlich an.

Finden, ungehofft und überglücklich,
Herrlichkeiten, die mein Flug berührt,
Als das Wunderpferd mich augenblicklich
Durch die Himmel alle durchgeführt.

Weisheitsbaum an Baum zypresseragend
Heben Äpfel goldner Zierd empor,
Lebensbäume breite Schatten schlagend
Decken Blumensitz und Kräuterflor.

Und nun bringt ein süßer Wind von Osten
Hergeführt die Himmelsmädchenschar;
Mit den Augen fängst du an zu kosten,
Schon der Anblick sättigt ganz und gar.

Forschend stehn sie, was du unternahmest?
Große Plane? fährlich blut'gen Strauß?
Daß du Held seist, sehn sie, weil du kamest;
Welch ein Held du seist? sie forschen's aus.

Und sie sehn es bald an deiner Wunden,
Die sich selbst ein Ehrendenkmal schreibt.
Glück und Hoheit alles ist verschwunden,
Nur die Wunde für den Glauben bleibt.

Führen zu Kiosken dich und Lauben,
Säulenreich von buntem Lichtgestein,

Und zum edlen Saft verklärter Trauben
Laden sie mit Nippen freundlich ein.

Jüngling! mehr als Jüngling bist willkommen!
Alle sind wie alle licht und klar;
Hast du *eine* dir ans Herz genommen,
Herrin, Freundin ist sie deiner Schar.

Doch die allertrefflichste gefällt sich
Keineswegs in solchen Herrlichkeiten,
Heiter, neidlos, redlich unterhält dich
Von den mannigfalt'gen andrer Trefflichkeiten.

Eine führt dich zu der andern Schmause,
Den sich jede äußerst ausersinnt;
Viele Frauen hast und Ruh im Hause,
Wert, daß man darob das Paradies gewinnt.

Und so schicke dich in diesen Frieden:
Denn du kannst ihn weiter nicht vertauschen;
Solche Mädchen werden nicht ermüden,
Solche Weine werden nicht berauschen.

—

Und so war das wenige zu melden,
Wie der sel'ge Muselman sich brüstet:
Paradies der Männer Glaubenshelden
Ist hiemit vollkommen ausgerüstet.

Auserwählte Frauen

Frauen sollen nichts verlieren,
Reiner Treue ziemt zu hoffen;
Doch wir wissen nur von vieren,
Die alldort schon eingetroffen.

Erst Suleika, Erdensonne,
Gegen Jussuph ganz Begierde,
Nun, des Paradieses Wonne,
Glänzt sie der Entsagung Zierde.

Dann die Allgebenedeite,
Die den Heiden Heil geboren
Und getäuscht, in bittrem Leide,
Sah den Sohn am Kreuz verloren.

Mahoms Gattin auch, sie baute
Wohlfahrt ihm und Herrlichkeiten
Und empfahl bei Lebenszeiten
Einen Gott und eine Traute.

Kommt Fatima dann, die Holde,
Tochter, Gattin sonder Fehle,
Englisch allerreinste Seele
In dem Leib von Honiggolde.

Diese finden wir alldorten;
Und wer Frauenlob gepriesen,
Der verdient an ew'gen Orten
Lustzuwandeln wohl mit diesen.

Einlaß

Huri

Heute steh ich meine Wache
Vor des Paradieses Tor,
Weiß nicht grade, wie ich's mache,
Kommst mir so verdächtig vor!

Ob du unsern Mosleminen
Auch recht eigentlich verwandt?
Ob dein Kämpfen, dein Verdienen
Dich ans Paradies gesandt?

Zählst du dich zu jenen Helden?
Zeige deine Wunden an,
Die mir Rühmliches vermelden,
Und ich führe dich heran.

Dichter

Nicht so vieles Federlesen!
Laß mich immer nur herein:
Denn ich bin ein Mensch gewesen,
Und das heißt ein Kämpfer sein.

Schärfe deine kräft'gen Blicke!
Hier durchschaue diese Brust,
Sieh der Lebenswunden Tücke,
Sieh der Liebeswunden Lust.

Und doch sang ich gläub'ger Weise:
Daß mir die Geliebte treu,
Daß die Welt, wie sie auch kreise,
Liebevoll und dankbar sei.

Mit den Trefflichsten zusammen
Wirkt ich, bis ich mir erlangt,
Daß mein Nam in Liebesflammen
Von den schönsten Herzen prangt.

Nein! du wählst nicht den Geringern!
Gib die Hand, daß Tag für Tag
Ich an deinen zarten Fingern
Ewigkeiten zählen mag.

Anklang

Huri

Draußen am Orte,
Wo ich dich zuerst sprach,
Wacht ich oft an der Pforte,
Dem Gebote nach.
Da hört ich ein wunderlich Gesäusel,
Ein Ton- und Silbengekräusel,
Das wollte herein;
Niemand aber ließ sich sehen,
Da verklang es klein zu klein;
Es klang aber fast wie deine Lieder,
Das erinnr ich mich wieder.

Dichter

Ewig Geliebte! wie zart
Erinnerst du dich deines Trauten!
Was auch, in irdischer Luft und Art,
Für Töne lauten,
Die wollen alle herauf;

Viele verklingen da unten zu Hauf;
Andere mit Geistes Flug und Lauf,
Wie das Flügelpferd des Propheten,
Steigen empor und flöten
Draußen an dem Tor.
Kommt deinen Gespielen so etwas vor,
So sollen sie's freundlich vermerken,
Das Echo lieblich verstärken,
Daß es wieder hinunter halle,
Und sollen acht haben,
Daß, in jedem Falle,
Wenn er kommt, seine Gaben
Jedem zugute kommen;
Das wird beiden Welten frommen.

Sie mögen's ihm freundlich lohnen,
Auf liebliche Weise fügsam,
Sie lassen ihn mit sich wohnen:
Alle Guten sind genügsam.

Du aber bist mir beschieden,
Dich laß ich nicht aus dem ewigen Frieden;
Auf die Wache sollst du nicht ziehn,
Schick eine ledige Schwester dahin.

—

Dichter

Deine Liebe, dein Kuß mich entzückt!
Geheimnisse mag ich nicht erfragen;
Doch sag mir, ob du an irdischen Tagen
Jemals teil genommen?
Mir ist es oft so vorgekommen,

Musikszene
Bibliothèque Nationale, Paris (Foto: AKG, Berlin)

Ich wollt es beschwören, ich wollt es beweisen,
Du hast einmal Suleika geheißen.

Huri

Wir sind aus den Elementen geschaffen,
Aus Wasser, Feuer, Erd und Luft
Unmittelbar; und irdischer Duft
Ist unserm Wesen ganz zuwider.
Wir steigen nie zu euch hernieder;
Doch wenn ihr kommt, bei uns zu ruhn,
Da haben wir genug zu tun.

Denn, siehst du, wie die Gläubigen kamen,
Von dem Propheten so wohl empfohlen,
Besitz vom Paradiese nahmen,
Da waren wir, wie er befohlen,
So liebenswürdig, so scharmant,
Wie uns die Engel selbst nicht gekannt.

Allein der erste, zweite, dritte,
Die hatten vorher eine Favorite,
Gegen uns waren's garstige Dinger,
Sie aber hielten uns doch geringer,
Wir waren reizend, geistig, munter;
Die Moslems wollten wieder hinunter.

Nun war uns himmlisch Hochgebornen
Ein solch Betragen ganz zuwider,
Wir aufgewiegelten Verschwornen
Besannen uns schon hin und wieder;
Als der Prophet durch alle Himmel fuhr,
Da paßten wir auf seine Spur;

Rückkehrend hatt er sich's nicht versehn,
Das Flügelpferd es mußte stehn.

Da hatten wir ihn in der Mitte! –
Freundlich ernst, nach Prophetensitte,
Wurden wir kürzlich von ihm beschieden;
Wir aber waren sehr unzufrieden.
Denn seine Zwecke zu erreichen,
Sollten wir eben alles lenken,
So, wie ihr dächtet, sollten wir denken,
Wir sollten euren Liebchen gleichen.

Unsere Eigenliebe ging verloren,
Die Mädchen krauten hinter den Ohren,
Doch, dachten wir, im ewigen Leben
Muß man sich eben in alles ergeben.

Nun sieht ein jeder, was er sah,
Und ihm geschieht, was ihm geschah.
Wir sind die Blonden, wir sind die Braunen,
Wir haben Grillen und haben Launen,
Ja, wohl auch manchmal eine Flause,
Ein jeder denkt, er sei zu Hause,
Und wir darüber sind frisch und froh,
Daß sie meinen, es wäre so.

Du aber bist von freiem Humor,
Ich komme dir paradiesisch vor;
Du gibst dem Blick, dem Kuß die Ehre,
Und wenn ich auch nicht Suleika wäre.
Doch da sie gar zu lieblich war,
So glich sie mir wohl auf ein Haar.

Dichter

Du blendest mich mit Himmelsklarheit,
Es sei nun Täuschung oder Wahrheit,
Genug, ich bewundre dich vor allen.
Um ihre Pflicht nicht zu versäumen,
Um einem Deutschen zu gefallen,
Spricht eine Huri in Knittelreimen.

Huri

Ja, reim auch du nur unverdrossen,
Wie es dir aus der Seele steigt!
Wir paradiesische Genossen
Sind Wort- und Taten reinen Sinns geneigt.
Die Tiere, weißt du, sind nicht ausgeschlossen,
Die sich gehorsam, die sich treu erzeigt!
Ein derbes Wort kann Huri nicht verdrießen;
Wir fühlen, was vom Herzen spricht,
Und was aus frischer Quelle bricht,
Das darf im Paradiese fließen.

—

Huri

Wieder einen Finger schlägst du mir ein!
Weißt du denn, wieviel Äonen
Wir vertraut schon zusammen wohnen?

Dichter

Nein! – Will's auch nicht wissen. Nein!
Mannigfaltiger frischer Genuß,
Ewig bräutlich keuscher Kuß! –

Wenn jeder Augenblick mich durchschauert,
Was soll ich fragen, wie lang es gedauert!

Huri

Abwesend bist denn doch auch einmal,
Ich merk es wohl, ohne Maß und Zahl.
Hast in dem Weltall nicht verzagt,
An Gottes Tiefen dich gewagt;
Nun sei der Liebsten auch gewärtig!
Hast du nicht schon das Liedchen fertig?
Wie klang es draußen an dem Tor?
Wie klingt's? – Ich will nicht stärker
in dich dringen,
Sing mir die Lieder an Suleika vor:
Denn weiter wirst du's doch im Paradies
nicht bringen.

Begünstigte Tiere

Vier Tieren auch verheißen war,
Ins Paradies zu kommen,
Dort leben sie das ew'ge Jahr
Mit Heiligen und Frommen.

Den Vortritt hier ein Esel hat,
Er kommt mit muntern Schritten:
Denn Jesus zur Prophetenstadt
Auf ihm ist eingeritten.

Halb schüchtern kommt ein Wolf sodann,
Dem Mahomet befohlen:
»Laß dieses Schaf dem armen Mann,
Dem Reichen magst du's holen.«

Nun, immer wedelnd, munter, brav,
Mit seinem Herrn, dem braven,
Das Hündlein, das den Siebenschlaf
So treulich mitgeschlafen.

Abuherriras Katze hier
Knurrt um den Herrn und schmeichelt:
Denn immer ist's ein heilig Tier,
Das der Prophet gestreichelt.

Höheres und Höchstes

Daß wir solche Dinge lehren,
Möge man uns nicht bestrafen:
Wie das alles zu erklären,
Dürft ihr euer Tiefstes fragen.

Und so werdet ihr vernehmen:
Daß der Mensch, mit sich zufrieden,
Gern sein Ich gerettet sähe,
So da droben wie hienieden.

Und mein liebes Ich bedürfte
Mancherlei Bequemlichkeiten,
Freuden, wie ich hier sie schlürfte,
Wünscht ich auch für ew'ge Zeiten.

So gefallen schöne Gärten,
Blum und Frucht und hübsche Kinder,
Die uns allen hier gefielen,
Auch verjüngtem Geist nicht minder.

Und so möcht ich alle Freunde,
Jung und alt, in eins versammeln,

Gar zu gern in deutscher Sprache
Paradiesesworte stammeln.

Doch man horcht nun Dialekten,
Wie sich Mensch und Engel kosen,
Der Grammatik, der versteckten,
Deklinierend Mohn und Rosen.

Mag man ferner auch in Blicken
Sich rhetorisch gern ergehen
Und zu himmlischem Entzücken
Ohne Klang und Ton erhöhen.

Ton und Klang jedoch entwindet
Sich dem Worte selbstverständlich,
Und entschiedener empfindet
Der Verklärte sich unendlich.

Ist somit dem Fünf der Sinne
Vorgesehn im Paradiese,
Sicher ist es, ich gewinne
Einen Sinn für alle diese.

Und nun dring ich aller Orten
Leichter durch die ew'gen Kreise,
Die durchdrungen sind vom Worte
Gottes rein-lebend'ger Weise.

Ungehemmt mit heißem Triebe
Läßt sich da kein Ende finden,
Bis im Anschaun ew'ger Liebe
Wir verschweben, wir verschwinden.

Siebenschläfer

Sechs Begünstigte des Hofes
Fliehen vor des Kaisers Grimme,
Der als Gott sich läßt verehren,
Doch als Gott sich nicht bewähret:
Denn ihn hindert eine Fliege
Guter Bissen sich zu freuen.
Seine Diener scheuchen wedelnd,
Nicht verjagen sie die Fliege.
Sie umschwärmt ihn, sticht und irret
Und verwirrt die ganze Tafel,
Kehret wieder wie des häm'schen
Fliegengottes Abgesandter.

»Nun« – so sagen sich die Knaben –
»Sollt ein Flieglein Gott verhindern?
Sollt ein Gott auch trinken, speisen,
Wie wir andern? Nein, der Eine,
Der die Sonn erschuf, den Mond auch,
Und der Sterne Glut uns wölbte,
Dieser ist's, wir fliehn!« – Die zarten
Leicht beschuht-, beputzten Knaben
Nimmt ein Schäfer auf, verbirgt sie
Und sich selbst in Felsenhöhle.
Schäfershund er will nicht weichen,
Weggescheucht, den Fuß zerschmettert,
Drängt er sich an seinen Herren
Und gesellt sich zum Verborgnen,
Zu den Lieblingen des Schlafes.

Und der Fürst, dem sie entflohen,
Liebentrüstet, sinnt auf Strafen,

Weiset ab so Schwert als Feuer,
In die Höhle sie mit Ziegeln
Und mit Kalk sie läßt vermauern.

Aber jene schlafen immer,
Und der Engel, ihr Beschützer,
Sagt vor Gottes Thron berichtend:
»So zur Rechten, so zur Linken
Hab ich immer sie gewendet,
Daß die schönen jungen Glieder
Nicht des Moders Qualm verletze.
Spalten riß ich in die Felsen,
Daß die Sonne, steigend, sinkend,
Junge Wangen frisch erneute:
Und so liegen sie beseligt. -
Auch, auf heilen Vorderpfoten,
Schläft das Hündlein süßen Schlummer.«

Jahre fliehen, Jahre kommen,
Wachen endlich auf die Knaben,
Und die Mauer, die vermorschte,
Altershalben ist gefallen.
Und Jamblika sagt, der Schöne,
Ausgebildete vor allen,
Als der Schäfer fürchtend zaudert:
»Lauf ich hin! und hol euch Speise,
Leben wag ich und das Goldstück!« –

Ephesus, gar manches Jahr schon,
Ehrt die Lehre des Propheten
Jesus. (Friede sei dem Guten!)

Und er lief, da war der Tore
Wart und Turm und alles anders.

Doch zum nächsten Bäckerladen
Wandt er sich nach Brot in Eile. –
»Schelm!« so rief der Bäcker, »hast du,
Jüngling, einen Schatz gefunden!
Gib mir, dich verrät das Goldstück,
Mir die Hälfte zum Versöhnen!«

Und sie hadern. – Vor den König
Kommt der Handel; auch der König
Will nur teilen wie der Bäcker.

Nun betätigt sich das Wunder
Nach und nach aus hundert Zeichen.
An dem selbsterbauten Palast
Weiß er sich sein Recht zu sichern.
Denn ein Pfeiler durchgegraben
Führt zu scharfbenamsten Schätzen.
Gleich versammeln sich Geschlechter,
Ihre Sippschaft zu beweisen.
Und als Ururvater prangend,
Steht Jamblikas Jugendfülle.
Wie von Ahnherrn hört er sprechen
Hier von seinem Sohn und Enkeln.
Der Urenkel Schar umgibt ihn,
Als ein Volk von tapfern Männern,
Ihn den jüngsten zu verehren.
Und ein Merkmal übers andre
Dringt sich auf, Beweis vollendend;
Sich und den Gefährten hat er
Die Persönlichkeit bestätigt.

Nun zur Höhle kehrt er wieder,
Volk und König ihn geleiten. –

Nicht zum König, nicht zum Volke
Kehrt der Auserwählte wieder:
Denn die Sieben, die von lang her,
Achte waren's mit dem Hunde,
Sich von aller Welt gesondert,
Gabriels geheim Vermögen
Hat, gemäß dem Willen Gottes,
Sie dem Paradies geeignet,
Und die Höhle schien vermauert.

Gute Nacht!

Nun so legt euch, liebe Lieder,
An den Busen meinem Volke!
Und in einer Moschuswolke
Hüte Gabriel die Glieder
Des Ermüdeten gefällig;
Daß er frisch und wohlerhalten,
Froh, wie immer, gern gesellig,
Möge Felsenklüfte spalten,
Um des Paradieses Weiten,
Mit Heroen aller Zeiten,
Im Genusse zu durchschreiten;
Wo das Schöne, stets das Neue,
Immer wächst nach allen Seiten,
Daß die Unzahl sich erfreue:
Ja, das Hündlein gar, das treue,
Darf die Herren hinbegleiten.

AUS DEM NACHLASS

So der Westen wie der Osten
Geben Reines dir zu kosten.
Laß die Grillen, laß die Schale,
Setze dich zum großen Mahle:
Mögst auch im Vorübergehn
Diese Schüssel nicht verschmähn.

—

Wer sich selbst und andre kennt,
Wird auch hier erkennen:
Orient und Okzident
Sind nicht mehr zu trennen.

Sinnig zwischen beiden Welten
Sich zu wiegen, laß ich gelten;
Also zwischen Ost- und Westen
Sich bewegen, sei's zum Besten!

—

Hör ich doch in deinen Liedern,
O Hafis, die Dichter loben;
Sieh, ich will es dir erwidern:
Herrlich, den der Dank erhoben!

—

Sollt einmal durch Erfurt fahren,
Das ich sonst so oft durchschritten,

Und ich schien, nach vielen Jahren,
Wohlempfangen, wohlgelitten.

Wenn mich Alten alte Frauen
Aus der Bude froh gegrüßet,
Glaubt ich Jugendzeit zu schauen,
Die einander wir versüßet.

Das war eine Bäckerstochter,
Eine Schusterin daneben;
Eule keinesweges jene,
Diese wußte wohl zu leben.

Und so wollen wir beständig,
Wettzueifern mit Hafisen,
Uns der Gegenwart erfreuen,
Das Vergangne mitgenießen.

—

Hafis, dir sich gleich zu stellen,
  Welch ein Wahn!
Rauscht doch wohl auf Meeres Wellen
  Rasch ein Schiff hinan,
Fühlet seine Segel schwellen,
  Wandelt kühn und stolz;
Will's der Ozean zerschellen,
  Schwimmt es, morsches Holz.
Dir in Liedern, leichten, schnellen,
  Wallet kühle Flut,
Siedet auf zu Feuerwellen;
  Mich verschlingt die Glut.
Doch mir will ein Dünkel schwellen,
  Der mir Kühnheit gibt:

Hab doch auch im sonnenhellen
 Land gelebt, geliebt!

—

Gar viele Länder hab ich bereist,
Gesehen Menge von Menschen allermeist,
Die Winkel sogar hab ich wohl bedacht,
Ein jeder Halm hat mir Körner gebracht.
Gesegnete Stadt nie solche geschaut,
Huris auf Huris, Braut auf Braut!

—

Daß des Hauses Glanz sich mehre
Als ein ewig Eigentum
Und der Sohn so halt auf Ehre,
Wie der Vater hielt auf Ruhm.

—

Mit der Deutschen Freundschaft
Hat's keine Not,
Ärgerlichster Feindschaft
Steht Höflichkeit zu Gebot;
Je sanfter sie sich erwiesen,
Hab ich immer frisch gedroht,
Ließ mich nicht verdrießen
Trübes Morgen- und Abendrot;
Ließ die Wasser fließen,
Fließen zu Freud und Not.
Aber mit allem diesem
Blieb ich mir selbst zu Gebot:
Sie alle wollten genießen,
Was ihnen die Stunde bot;

Ihnen hab ich's nicht verwiesen,
Jeder hat seine Not.
Sie lassen mich alle grüßen
Und hassen mich bis in Tod.

—

Mich nach- und umzubilden, mißzubilden
Versuchten sie seit vollen fünfzig Jahren;
Ich dächte doch, da konntest du erfahren,
Was an dir sei in Vaterlandsgefilden.
Du hast getollt zu deiner Zeit mit wilden
Dämonisch genialen jungen Scharen,
Dann sachte schlossest du von Jahr zu Jahren
Dich näher an die Weisen, Göttlich-Milden.

—

Zu genießen weiß im Prachern
Abrahams geweihtes Blut;
Seh ich sie im Bazar schachern,
Kaufen wohlfeil, kaufen gut.

—

So traurig, daß in Kriegestagen
Zu Tode sich die Männer schlagen,
Im Frieden ist's dieselbe Not:
Die Weiber schlagen mit Zungen tot.

—

Schwarzer Schatten ist über dem Staub
der Geliebten Gefährte;

Ich machte mich zum Staube,
  aber der Schatten ging über mich hin.

—

Sollt ich nicht ein Gleichnis brauchen,
Wie es mir beliebt?
Da uns Gott des Lebens Gleichnis
In der Mücke gibt.

Sollt ich nicht ein Gleichnis brauchen,
Wie es mir beliebt?
Da mir Gott in Liebchens Augen
Sich im Gleichnis gibt.

—

Herrlich bist du wie Moschus:
Wo du warst, gewahrt man dich noch.

—

Sprich! unter welchem Himmelszeichen
  Der Tag liegt,
Wo mein Herz, das doch mein eigen,
  Nicht mehr wegfliegt?
Und, wenn es flöge, zum Erreichen
  Mir ganz nah liegt?
Auf dem Polster, dem süßen, dem weichen,
  Wo mein Herz an ihrem liegt.

—

Süßes Kind, die Perlenreihen,
Wie ich irgend nur vermochte,

Wollte traulich dir verleihen,
Als der Liebe Lampendochte.

Und nun kommst du, hast ein Zeichen
Dran gehängt, das, unter allen
Den Abraxas seinesgleichen,
Mir am schlechtsten will gefallen.

Diese ganz moderne Narrheit
Magst du mir nach Schiras bringen!
Soll ich wohl, in seiner Starrheit,
Hölzchen quer auf Hölzchen singen?

Abraham, den Herrn der Sterne,
Hat er sich zum Ahn erlesen;
Moses ist, in wüster Ferne,
Durch den Einen groß gewesen.

David auch, durch viel Gebrechen,
Ja, Verbrechen durch gewandelt,
Wußte doch sich los zu sprechen:
»Einem hab ich recht gehandelt.«

Jesus fühlte rein und dachte
Nur den Einen Gott im stillen;
Wer ihn selbst zum Gotte machte,
Kränkte seinen heil'gen Willen.

Und so muß das Rechte scheinen,
Was auch Mahomet gelungen;
Nur durch den Begriff des Einen
Hat er alle Welt bezwungen.

Wenn du aber dennoch Huld'gung
Diesem leid'gen Ding verlangest:

Diene mir es zur Entschuld'gung,
Daß du nicht alleine prangest. –

Doch allein! – Da viele Frauen
Salomonis ihn verkehrten,
Götter betend anzuschauen
Wie die Närrinnen verehrten.

Isis' Horn, Anubis' Rachen
Boten sie dem Judenstolze,
Mir willst du zum Gotte machen
Solch ein Jammerbild am Holze!

Und ich will nicht besser scheinen,
Als es sich mit mir eräugnet,
Salomo verschwur den seinen,
Meinen Gott hab ich verleugnet.

Laß die Renegatenbürde
Mich in diesem Kuß verschmerzen:
Denn ein Vitzliputzli würde
Talisman an deinem Herzen.

—

Laßt mich weinen! umschränkt von Nacht,
In unendlicher Wüste.
Kamele ruhn, die Treiber desgleichen,
Rechnend still wacht der Armenier;
Ich aber, neben ihm, berechne die Meilen,
Die mich von Suleika trennen, wiederhole
Die wegeverlängernden ärgerlichen Krümmungen.
Laßt mich weinen! das ist keine Schande.
Weinende Männer sind gut.

Weinte doch Achill um seine Briseis!
Xerxes beweinte das unerschlagene Heer,
Über den selbstgemordeten Liebling
Alexander weinte.
Laßt mich weinen! Tränen beleben den Staub.
Schon grunelt's.

—

Und warum sendet
Der Reiterhauptmann
Nicht seine Boten
Von Tag zu Tage?
Hat er doch Pferde,
Versteht die Schrift.

Er schreibt ja Talik,
Auch Neski weiß er
Zierlich zu schreiben
Auf Seidenblätter.
An seiner Stelle
Sei mir die Schrift.

Die Kranke will nicht,
Will nicht genesen,
Vom süßen Leiden,
Sie, an der Kunde
Von ihrem Liebsten
Gesundend, krankt.

Die Liebende

Schreibt er in Neski,
So sagt er's treulich,
Schreibt er in Talik,
's ist gar erfreulich,
Eins wie das andre,
Genug! er liebt. –

—

Nicht mehr auf Seidenblatt
Schreib ich symmetrische Reime;
Nicht mehr faß ich sie
In goldne Ranken;
Dem Staub, dem beweglichen, eingezeichnet
Überweht sie der Wind, aber die Kraft besteht,
Bis zum Mittelpunkt der Erde
Dem Boden angebannt.
Und der Wandrer wird kommen,
Der Liebende. Betritt er
Diese Stelle, ihm zuckt's
Durch alle Glieder.
»Hier! vor mir liebte der Liebende.
War es Medschnun der zarte?
Ferhad der kräftige? Dschemil der daurende?
Oder von jenen tausend
Glücklich-Unglücklichen einer?
Er liebte! Ich liebe wie er,
Ich ahnd ihn!«
Suleika, du aber ruhst
Auf dem zarten Polster,
Das ich dir bereitet und geschmückt.

Auch dir zuckt's aufweckend durch die Glieder.
»Er ist der mich ruft Hatem.
Auch ich rufe dir, oh! Hatem! Hatem!«

—

Hudhud auf dem Palmensteckchen,
Hier im Eckchen,
Nistet äuglend, wie charmant!
Und ist immer vigilant.

Hudhud sprach: »Mit einem Blicke
Hat sie alles mir vertraut,
Und ich bin von eurem Glücke
Immer wie ich's war erbaut.
Liebt ihr doch! – In Trennungsnächten
Seht, wie sich's in Sternen schreibt:
Daß gesellt zu ew'gen Mächten
Glanzreich eure Liebe bleibt.«

Hudhud als einladender Bote

Dich beglückte ja mein Gesang,
Nun dräng er gern zu dir ins Ferne,
Ich singe Morgen und Abend entlang,
Sie sagen: »Besser!« Das hör ich gerne;
Kommt auch ein Blatt von Zeit zu Zeit,
Bringt einen Gruß, laß dich nicht stören!
Aber ist denn Bagdad so weit?
Willst du mich gar nicht wieder hören?

Hudhud erbittet ein Neujahrsgeschenk rätselweise

Ein Werkzeug ist es, alle Tage nötig,
Den Männern weniger, den Frauen viel,
Zum treusten Dienste gar gelind erbötig,
Im Einen vielfach, spitz und scharf, sein Spiel
Gern wiederholt; wobei wir uns bescheiden:
Von außen glatt, wenn wir von innen leiden.
Doch Spiel und Schmuck erquickt
uns nur aufs neue,
Erhielt das Werkzeug erst gerechte Weihe.

—

Schön und köstlich ist die Gabe,
Wohlenträtselt das Verlangen;
Daß die Weihe sie empfangen,
Bleibet aber ungewiß.

Wäre das nicht nachzubringen?
Was er sittsam nicht entraubte,
Wenn sie sich's nun selbst erlaubte!!
Hudhud, geh und melde dies.

—

Ach, ich kann sie nicht erwidern,
Wie ich auch daran mich freue;
Gnüg es dir an meinen Liedern,
Meinem Herzen, meiner Treue!

—

Wein, er kann dir nicht behagen,
Dir hat ihn kein Arzt erlaubt;

Wenig nur verdirbt den Magen,
Und zuviel erhitzt das Haupt.

—

Wißt ihr denn, was Liebchen heiße?
Wißt ihr, welchen Wein ich preise?

—

In welchem Weine
Hat sich Alexander betrunken?
Ich wette den letzten Lebensfunken:
Er war nicht so gut als der meine.

—

Wo man mir Guts erzeigt überall,
  's ist eine Flasche Eilfer.
Am Rhein und Main, im Neckartal,
  Man bringt mir lächlend Eilfer.
Und nennt gar manchen braven Mann
  Viel seltner als den Eilfer:
Hat er der Menschheit wohl getan,
  Ist immer noch kein Eilfer.
Die guten Fürsten nennt man so,
  Beinahe wie den Eilfer;
Uns machen ihre Taten froh,
  Sie leben hoch im Eilfer.
Und manchen Namen nenn ich leis,
  Still schöppelnd meinen Eilfer:
Sie weiß es, wenn es niemand weiß,
  Da schmeckt mir erst der Eilfer.
Von meinen Liedern sprechen sie
  Fast rühmlich wie vom Eilfer,

Und Blum und Zweige brechen sie
  Mich kränzend und den Eilfer.
Das alles war ein größres Heil –
  Ich teilte gern den Eilfer –
Nähm Hafis auch nur seinen Teil
  Und schlurfte mit den Eilfer.
Drum eil ich in das Paradies
  Wo leider nie vom Eilfer
Die Gläub'gen trinken. Sei er süß,
  Der Himmelswein! Kein Eilfer.
»Geschwinde, Hafis, eile hin!
  Da steht ein Römer Eilfer!«

—

Wo kluge Leute zusammenkommen,
Da wird erst Weisheit wahrgenommen.
So gab einst Sabas Königin
Gelegenheit zum höchsten Sinn.

Vor Salomo, unter andern Schätzen,
Läßt sie eine goldene Vase setzen,
Groß, reicher, unerhörter Zier,
Fischen und Vögeln und Waldgetier,
Worum sich krause Schnörkel häufen,
Als Jakin und Boas an beiden Knäufen.

Sollt ein Knecht allzu täppisch sein,
Stößt eine wüste Beule hinein;
Wird augenblicks zwar repariert,
Doch feines Auge den Makel spürt,
Genuß und Freude sind nun geniert.

Der König spricht: »Ich dacht es eben!
Trifft doch das Höchste, das uns gegeben,
Ein allzu garstiger Schmitz darneben.
Es können die Eblis, die uns hassen,
Vollkommnes nicht vollkommen lassen.«

Heinrich Heine über den »West-östlichen Divan«

Minder bekannt als der »Faust« ist hier, in Frankreich, Goethes »West-östlicher Divan« ein späteres Buch, von welchem Frau von Staël noch nicht Kenntnis hatte, und dessen wir hier besonders erwähnen müssen. Es enthält die Denk- und Gefühlsweise des Orients, in blühenden Liedern und kernigen Sprüchen; und das duftet und glüht darin, wie ein Harem voll verliebter Odalisken mit schwarzen geschminkten Gazellenaugen und sehnsüchtig weißen Armen. Es ist dem Leser dabei so schauerlich lüstern zumute, wie dem glücklichen Gaspar Debureau, als er in Konstantinopel oben auf der Leiter stand, und de haut en bas dasjenige sah, was der Beherrscher der Gläubigen nur de bas en haut zu sehen pflegt. Manchmal ist dem Leser auch zumute, als läge er behaglich ausgestreckt auf einem persischen Teppich, und rauche aus einer langröhrigen Wasserpfeife den gelben Tabak von Turkistan, während eine schwarze Sklavin ihm mit einem bunten Pfauenwedel Kühlung zuweht, und ein schöner Knabe ihm eine Schale mit echtem Mokka-Kaffee darreicht: – den berauschendsten Lebensgenuß hat hier Goethe in Verse gebracht, und diese sind so leicht, so glücklich, so hingehaucht, so ätherisch, daß man sich wundert wie dergleichen in deutscher Sprache möglich war. Dabei gibt er auch in Prosa die allerschönsten Erklärungen über Sitten und Treiben im Morgenlande, über das pratriarchalische Leben der Araber; und da ist Goethe immer ruhig lächelnd, und harmlos wie ein Kind, und weisheitsvoll wie ein Greis. Diese Prosa ist so durchsichtig wie das grüne Meer, wenn heller Sommernachmittag und Windstille, und man ganz klar hinabschauen kann in die Tiefe, wo die versunkenen Städte mit ihren verschollenen Herrlichkeiten sichtbar werden; – manchmal ist aber auch jene Prosa so magisch, so ahnungsvoll, wie der Himmel wenn die Abenddämmerung heraufgezogen: und die großen Goetheschen Gedanken treten dann hervor, rein und golden, wie die Sterne. Unbeschreiblich ist der Zauber dieses Buches: es ist ein Selam, den der Okzident dem Oriente geschickt hat, und es sind gar närrische Blumen darunter: sinnliche rote Rosen, Hortensien wie weiße nackte Mädchenbusen, spaßhaftes Löwenmaul, Purpurdigitalis wie lange Menschenfinger, verdrehte Krokosnasen, und in der Mitte, lauschend verborgen, stille deutsche Veilchen. Dieser Selam aber bedeutet, daß der Okzident seines frierend mageren Spiritualismus überdrüssig geworden und an der gesunden Körperwelt des Orients sich wieder erlaben möchte. Goethe, nachdem er, im »Faust«, sein Mißbehagen an dem abstrakt Geistigen und sein Verlangen nach reellen Genüssen ausgesprochen, warf sich gleichsam mit dem Geiste selbst in die Arme des Sensualismus, indem er den »West-östlichen Divan« schrieb.

Es ist daher höchst bedeutsam, daß dieses Buch bald nach dem »Faust« erschien. Es war die letzte Phase Goethes und sein Beispiel war von großem Einfluß auf die Literatur. Unsere Lyriker besangen jetzt den Orient. – Erwähnenswert mag es auch sein, daß Goethe, indem er Persien und Arabien so freudig besang, gegen Indien den bestimmtesten Widerwillen aussprach. Ihm mißfiel an diesem Lande das Bizarre, Verworrene, Unklare, und vielleicht entstand diese Abneigung dadurch, daß er bei den sanskritischen Studien der Schlegel und ihrer Herren Freunde eine katholische Hinterlist witterte. Diese Herren betrachteten nämlich Hindostan als die Wiege der katholischen Weltordnung, sie sahen dort das Musterbild ihrer Hierarchie, sie fanden dort ihre Dreieinigkeit, ihre Menschwerdung, ihre Buße, ihre Sühne, ihre Kasteiungen und alle ihre sonstigen geliebten Steckenpferde. Goethes Widerwillen gegen Indien reizte nicht wenig diese Leute, und Herr August Wilhelm Schlegel nannte ihn deshalb mit gläsernem Ärger: einen »zum Islam bekehrten Heiden«.

(*Heinrich Heine*, »Die romantische Schule«,
Erstes Buch, 1835)